KB070851

선물,
세 딸들에게

초판 1쇄   2017년 05월 31일

지은이   김성만
발행인   김재홍
디자인   이유정, 이슬기
교정 · 교열   김진섭
마케팅   이연실

발행처   도서출판 지식공감
브랜드   비움과채움
등록번호   제396-2012-000018호
주소   경기도 고양시 일산동구 견달산로225번길 112
전화   02-3141-2700
팩스   02-322-3089
홈페이지   www.bookdaum.com

가격   15,000원
ISBN   979-11-5622-286-6 03810

CIP제어번호   CIP2017011025
이 도서의 국립중앙도서관 출판예정도서목록(CIP)은 서지정보유통지원시스템 홈페이지
(http://seoji.nl.go.kr)와 국가자료공동목록시스템(http://www.nl.go.kr/kolisnet)에서 이용하실
수 있습니다.

비움과채움은 도서출판 지식공감의 임프린트 출판입니다.

ⓒ 김성만 2017, Printed in Korea.

- 이 책은 저작권법에 따라 보호받는 저작물이므로 무단전재와 무단복제를 금지하며, 이 책 내용의 전부 또는
일부를 이용하려면 반드시 저작권자와 도서출판 지식공감의 서면 동의를 받아야 합니다.
- 파본이나 잘못된 책은 구입처에서 교환해 드립니다.
- '지식공감 지식기부실천' 도서출판 지식공감은 창립일로부터 모든 발행 도서의 2%를 '지식기부 실천'으로
조성하여 전국 중 · 고등학교 도서관에 기부를 실천합니다. 도서출판 지식공감의 모든 발행 도서는 2%의 기
부실천을 계속할 것입니다.

선물,
세 딸들에게

숨 MED,
숨쉬기 힐링,
명상

아주 소중한 찰나!
나를, 내 몸을, 지금을 온전히 느끼는 것!

아빙Ahhbeing
김성만 지음

들어가는 말

어릴 때부터 해소천식으로
할머니가 편찮으신 모습을
아주 오랫동안 지켜보다가
결국, 내가 대학교를 졸업하고
사회에 처음 취업하여
월급을 두 번 받아다 드리고
세 번째 월급날이 삼일 남은
1985년 4월 22일 할머니께서 돌아가셨지.
전혀 예상치 않은 할머니 죽음
몇 년을 멍하게 생활한 것 같다.
그로부터 할머니께서 유산처럼 남기신 빚을
모두 우리 6남매를 키우시면서 부족한 부분을
야금야금 주위에서 빌리신 것들을
회사 초년병 시절 5년을 열심히 해서
1989년에 모두 정리를 하고, 결혼도 하고
1990년에 첫딸 다희가 태어났단다.

어느덧 세월이 흘러서
세 딸이 모두 성인이 되고

나도 슬슬 나이 들어가고
다희나 현정이도
이제 결혼할 나이가 되어
언제 아이 엄마가 될지 모르니
너희 세 명을 나름 건강하게 키운
아빠의 노하우를 알려줘서
너희들도 너희 아이들을
건강하게 키울 수 있게 해야겠다는 마음으로
이렇게 책을 만들게 되는 거지.

아이들을 건강하게 키우는 것도
아주 중요한 것이지만
아빠 경험에 비춰보면
갓 성인이 된 너희들의 인생도 이제 시작이니
정말 아무 계획 없이, 흘러 흘러 살아온
아빠의 인생을 돌아보면서
이런저런 경험들을 모아
너희들이 이제 본격적으로 살아가야 하는
너희들의 인생
삶에 작은 불빛을 비춰주고 싶은 마음으로
사랑으로, 이 책을 만든다.
잘 알겠지만
아빠는 할아버지 할머니의 보살핌과 사랑으로

지금까지 건강하게, 행복하게
인생을 살아온 것이고,
그분들은
그분들의 아버지, 어머니의 보살핌을 받았을 것이고
계속 그런 과정이 누적되어
지금 너희들이 있다는 것을
가끔 기억하고, 감사해야겠지.
소위 말하는 조상님들이 계신 것이지.

또한, 아빠와 함께 늘 엄마도 너희들을 보살피고
사랑으로 키워왔다는 사실을
가끔은 기억해 주기를…

나와 네 엄마는
예전에도 그러했듯이
지금도, 저세상으로 가는 그 날까지
너희 세 딸들이
즐겁게, 재밌게, 신나게, 보람차게, 풍요롭게,
주변에 사랑을 주는
멋진 인생을 만들어 나가기를 바라고 있단다.

사랑한다.
다희, 현정, 민희야!

01 숨 MED(숨 힐링, 명상) 11

02 마음을 사용하기 77

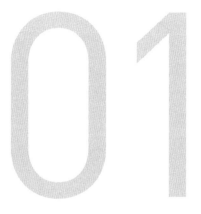

숨 MED
(숨 힐링, 명상)

삶, 인생, 지금?

아주 소중한 찰나!
나를, 내 몸을, 지금을 온전히 느끼는 것!

내 딸들이
소중한 삶을, 시간을 헛되이 낭비하지 않기를⋯

자기를, 환경을, 직업을, 가족을⋯
비관적으로 보는 것은 시간 낭비지!
우리는 행복을 느끼는 시간조차 부족한데
스스로 불행을 만들고, 느끼고, 말하고, 행동하는데
너무 많은 시간을 쓴단다.

왜?
자기가 하는 생각, 말, 행동을 제대로 알지 못해서다.

항상 나를 점검할 것?
나의 생각, 말, 행동을⋯.
난 지금 뭐하나?

모든 행복과 불행의 시작과 끝에는 "나"가 있으니.

우리 세 딸의 행복과 풍요로움, 넘치는 사랑 속에서
신나고 재미있는 생활을 기원한다.

숨쉬기

매일 숨을 쉬어야 생명이 지속되고
누구나 숨을 쉬는데
숨쉬기에 대해서 좀 더 알기를 바라며….

숨은 곧 생명인데
생명은 에너지를 충전하고
생활에서 에너지를 사용하지.

에너지를 충전하는 방법으로는
잠자기, 숨쉬기, 음식 먹기, 휴식, 취미 생활.

에너지를 사용하는 방법으로는
생각하기, 말하기, 행동하기, 일하기, 운동하기.

에너지 충전과 사용에 대해서는
나중에 자세히 알아보기로 하자.

우선 에너지 충전에서 가장 소중한 숨쉬기에 대해서
산소를 들이마시고

이산화탄소를 내쉬고

반복되는 이 숨쉬기를 효과적으로 하는 방법은

 1. 눈을 감는다.
 2. 편안히 마시고 내쉰다.
    마실 때는 코로 소리를 내며 마시고
    내쉴 때는 입으로 소리를 내며 내쉰다.
 3. 숨을 마시고 내쉴 때
    반드시 그 소리를 내고 듣는다!

소리를 내고 들어야 생각이 멈추고
생각이 멈춰야 에너지 순환의 질이 높아진다.
즉 에너지 충전이 잘 된다는 의미다.

잠을 자도 아침에 개운하지 않은 것은
에너지 충전이 잘되지 않아서고
이럴 때 잠시 숨쉬기를 하면
즉시 충전이 되고 개운해진다.

호흡할 때
초기에는 소리를 들으며 마시고 내쉬고
이게 연습이 되면

점점 깊이 들이마시고 내쉬고를 연습하면
숨 쉬는 시간도 저절로 길어진다.
아랫배(단전)가 올라왔다 내려갔다 하는 것이
숨쉬기를 제대로 하는 것이고 웬만큼 숙달되면

다희는 마시기 1/ 내쉬기 2
현정은 마시기 1/ 내쉬기 1
민희는 마시기 1/ 내쉬기 2
엄마는 마시기 1/ 내쉬기 2
아빠는 마시기 2/ 내쉬기 1을 해야만
에너지 충전이 급속히,
양질로 되고,
건강에 도움이 되고,
에너지 순환이 되지.

우리 몸 에너지의 두 기둥은
음에너지와 양에너지로,
이 두 에너지의 균형이 건강이고
균형이 깨지면 서서히 건강에 문제가 발생한나.

두 에너지의 조화를 이루게 하는 방법으로
숨쉬기, 운동, 음식…
그중에서도 숨쉬기가 가장 강력한 수단이다.

마시고 -음을 강화시키고
내쉬고 -양을 강화시키고

음이 크면 비만이 오고, 양이 크면 몸이 마르고
음-촌구(손목), 양-인영(목옆)에서 측정하지.
인영촌구맥법을 수시로 체크하여
현재의 몸 상태를 아는 것이 건강 관리의 핵심이다.

숨은 곧 생명이고
이 생명이 있음에
신이(그 이름이 예수, 부처, 알라… 무엇이든)
실재함을 느낄 수 있고
신의 사랑은
숨, 즉 생명으로 표현되는 것이 아닐까?

아침에 눈을 뜨고 일어나 내가 숨을 쉬고 있다는 것은
내가 살아있다는 것이고
살아있다는 것은
내 삶에 모든 가능성이 열려있다는 것이다.

내가 지금 숨을 쉬고 있어?
내가 원하는 모든 일들이 이루어질 가능성 100%다.
내가 스스로 포기하지만 않는다면….

명상하는 방법은

1. 눈을 감는다.
   눈을 감아야 내면을 보거나 느낄 수 있으니까.
   눈을 뜨면 눈에 보이는 것에 마음을 뺏기거나
   에너지를 소모하니까.

2. 그저 숨을 편안히 마시고 내쉰다
   마실 때는 코로 소리를 내며 마시고
   내쉴 때는 입으로 소리를 내며 내쉰다.
   숙달이 되면 소리를 내지 않아도 된다.
   초기에 쉽게 명상하도록 소리를 내는 것이며
   더 숙달되면 코로 마시고 내쉰다. (평상시처럼)

3. 숨이 들어오고 나갈 때, 반드시 그 소리를 듣는다.
   소리를 내고 들어야 생각이 멈추고
   생각이 멈춰야 명상의 맛을 알게 된다.

명상은 언제, 어디서 하는가?
그냥 내가 있는 장소와 시간에 하면 된다.
왜, 난 항상 숨을 쉬고 있으니까!

출퇴근 지하철, 버스에서
기상할 때, 이불 속에서 잠시
잘 때, 이불 속에서 잠시

하루에 한 번씩 명상이 생활화되면
삶이 훨씬 풍요로워지고 매사에 감사한 마음이 생기고
내가 지금 존재한다는 것
살아있다는 것을 느낄 수 있고
그 살아있음에 의미를 알게 되고

그래서 지금 함께하는 가족들(마나님, 민희, 현정, 다희)의 소중함을 느낄 수 있고

현재 일하는 직장, 직업의 소중함도 알게 되고
매사를 고요하고 평안하게 대할 수 있고

쓸데없는 일로 고민하거나
시간을 뺏기거나
고통스러워 하지 않게 되고
내가 원하는 것에만 집중할 수 있게 된다.

또 내가 원하는 것이 무엇인지 스스로 알게 되고
우리가 산다는 것, 그것이 명상이다.

명상, 왜 해야 하나?

명상을 해야
원래 우리가 가지고 있는
"에너지의 근원 또는 에너지의 원천"에 연결된다.

에너지의 근원에 연결되어야
그 에너지를 활용할 수 있고
내가 원하는 일이
그대로 창조되는 창조력이 강력하게 된다.

(즉, 마음먹은 대로 현실에서 일어나니까!)

어떻게 해야 할까?

숨쉬기를[1] 10회 정도 하고 나면 고요해지고
그 고요함에 그대로 있는 것이다.
이 고요한 상태에서 평상시 자기가 원하는 일을
어떻게 하면 더 잘 이루어질 수 있는가?

---

1) 1. 눈을 감는다. 2. 편안히 마시고 내쉰다. 마실 때는 코로 소리를 내며 마시고 내실 때는 입으로 소리를 내며 내쉰다. 3. 숨을 마시고 내실 때, 반드시 그 소리를 내고 듣는다!

스스로에게 질문을 해보면
순간적으로 영감이 떠오르고 그것이 정답이다.
잘 안 떠오르면, 생각을 끊고 다시 숨쉬기를 통하여
고요한 상태로 들어가고
다시 고요한 상태에서 같은 질문을
답이 나올 때까지 해본다.

자기가 찾는 방법(길)이 나올 때까지
24시간 몰두하다 보면 결국, 답이 나온다.

이런 일을 반복하면,
너희들이 원하는 길로 나갈 수 있다.

정답인지, 아닌지 어떻게 구별하냐고?
그 정답을 생각하면
기분이 좋아지고, 가슴이 따뜻해지고, 설레지.
정답이 아니면, 답답해질 것이야!

사랑하는 딸들아,
매일, 매 순간 명상을 하거라!

누구를 위해? 너 자신을 위해서!

깨달음

제대로 모르고 있던
사물의 본질이나 진리 따위의 숨은 참뜻을
비로소 제대로 이해할 수 있게 된다.

나는 누구인가?
나는 어디서 와서 어디로 가는가?
나는 왜 존재하는가?
나의 존재 이유는…?

인생의 궁극적인 이런 질문에 답을 깨우치면(알게 되면)
깨달았다고 할 수 있다.

수많은 질문에 스스로 답을 찾아가는 과정이
수행하는 과정이 되고
이런 수행을 주로 스님들이 많이 하셨고
지금은 여러 종류의 수행방법이 세상에 나와서
마음만 먹으면 이 길로 들어서기가 수월해졌다.

왜? 이런 공부(수행)를 해야 하는가?

아빠의 경험으로 보면

1. 자유로워지기
   삶의 과정에서 일어나는 수많은 일들에
   걸리지 않고 자유로워질 수 있다.

2. 평안함을 느끼고 유지함.
   일상에서 평안함을 느끼고
   그것을 쭉 유지할 수 있다는 것이다.

3. 사랑을 쓸 줄 안다!
   사랑의 핵심은 주는 거니까
   기대감 없이 줄줄 안다.

4. 배려
   나 아닌 남을 배려할 수 있다.
   왜?
   나와 남의 관계를 알게 되니까.
   우리는 모두 하나.

5. 감사할 줄 알지
   매일 반복되는 생활 중에서도
   감사함을 쭉 유지할 줄 알고

표현도 하고
세상에 그런 에너지를 확산시킨다.

6. 시간을 쓸 줄 알지
   항상 느긋하고
   시간을 풍족히 쓰지.
   시간은 원래 없는데
   사람들이 만들어 놓고
   그것에 매여 살지.

   하긴 여러 사람이 모여 살다보면
   시간이란 개념이 필요하긴 할 거야.
   시간에 쫓기지 말고
   시간을 가지고 놀아야 돼!
   시간이 모이고 모여 내 인생이 되고
   "삶"을 만드니까!

7. 창조능력이 증가한다.
   원래 내재된 창조력이 훨씬 강력해지고
   이것을 생활에 잘 사용함으로써
   생활이 더욱 풍성해진다.

8. 대인관계, 사회생활
   저절로 원만해지고
   인연을 맺고 끊음에 유연해지지.
   회자정리(會者定離)
   거자필반(去者必反)

딸들아,
깨달음은
실생활에서 하나하나 체험하면서
얻어 가는 거다.
깨달음의 소리는 "아~하"

부디 깨닫기를…
네가 얼마나 소중한 존재인가를…

신에 관하여

신은 무엇인가?
신은 있는가?
신을 어떻게 느낄 수 있는가?

아주 오래된 의문(질문)이고
아직도 있다, 없다.
믿는다, 믿지 않는다.
의견이 갈리는 주제다.

나의 결론은 신은 있고
신이 있으므로
지금 내가
우리가 존재할 수 있다는 것이다.

신은 사람과 같은
어떤 고정된 형상이 아니고
그런 형상(모습)으로 나타날 수도 있지만
신은 순수 에너지로 보는 것이다.

나는 신이 있음을
숨쉬기를 통해서 느낄 수 있다.
아침에 눈을 뜨고
내가 숨을 마시고 내쉬고 있다는 것
그것은 내가 살아 있다는 것이고
그 숨쉬기는
신의 사랑이고
생명이고
에너지 그 자체다.

또한, 숨쉬기를 10회 정도 하게 되면
온몸이 이완되어 고요함에 이르게 되고
그 고요함 속에서
평온과 은은한 기쁨,
살아있는 에너지와 만나게 되는데
이 연결이 신과 나의 연결이 된다.

명상을 통하여 이 연결을 맛보면
그 순간
내 육체로의 에너지 충전이 강력히 이루어지고
무엇이든 할 수 있고
가능하다는 자신감이 충만해진다.

민희가 아빠한테 뭐든지 요청하면
모두 다 해 주려고 하듯이
(경제적 이유로 미루는 것도 있지만)
우리는 뭐든지 신에게 요청할 수 있고
그 순간 신은 응답하지.
아빠가 민희, 현정이, 다희한테 하듯이 말이다.

그러니 신을 잘 활용하는 것이
이 세상을 보다 놀기 좋은
놀이터로 만드는 것이고
신나게 놀다가 가는 것이다.

신나게 재미있게 노는 것
그것이 인생이다.

천사란

신과 인간의 중개자 역할을 하는 존재?
천사는 있는가?
이것은 신은 있는가? 란
질문과 연결되어 있다.
신은 있다.
이것이 아빠 결론이니
천사도 당연히 있는 것이다.

천사에 관한 이야기는 많이 들어봤을 것이고

신의 심부름꾼인 천사는 누구?
난, 우리 모두가 신이며(신의 일부분?)
신의 천사 역할도 하는 것으로 보는데

부모는 자식에게(다희, 현정, 민희)
무한한 사랑을 주면서 신의 사랑을 체험케 되고
너희는 아빠랑 엄마에게 수시로 기쁨을 주면서
천사의 역할을 하는 것이다.
또한, 우리가 만나는 많은 사람들이 서로에게 메시지를 전달하

는 천사이고,

그 메시지를 받아서 해석하고

내 생활에 응용하는 것은 전적으로 내 몫이다.

신에게 기도를 하면

(이루어질 때까지 해야 하겠지?)

그 내용이 이루어지는 과정에

천사 역할을 맡은 사람을 만날 수도 있고

꿈속에 나타나 답을 알려주는 천사도 만날 수 있고

여러 가지 방식으로 천사가 나타나지.

그러니 천사가 있다는 사실을 알고

천사를 잘 활용해서

너희들의 생활을 좀 더 재미있고, 신나고

풍성하게 만들어 보기를 바란다.

창조하는 생활 | 생각, 말, 행동

하루하루 생활이 거의 비슷하게 반복되고 있어서
그 차이를 별로 느끼지 못하고 지나가지만
매일 다르게, 더욱 발전적으로 바꾸는 것은
결국, 내 몫이고,
이것이 내 인생을 바꿔놓는, 바꾸는 핵심이다.

더 나은 생활을, 인생을, 삶을 만드는데
가장 기본인 생각, 말, 행동에 대해 알아보자.

1. 생각(혹 마음)
생각(마음)이 없는 것은 내 눈에 보이지 않고
내 눈에 보이는 것은
내가 생각하고 있거나 생각했거나
마음이 있던 것이지.

하루를 생활하면서
매순간 내가 무슨 생각을 하는지
점검을 해보는 습관을 만들어야만
순간적으로 떠오르는 생각에 끌려가거나

자기를 슬프게 하는 생각에 빠지지 않고
생각을 내가 원하는 쪽으로만 집중시킬 수 있다.

한 생각(계획. 소망…)을 계속 지속시키고
그것에 집중해야 그 생각이 현실로 나오는
창조되는 것을 체험할 수 있고
중간에 생각을 바꾸거나 지속시키지 못하면
그 생각(소망. 원하는 것…)은 그냥 슬며시 사라진다.

내가 원하는 것이 무엇인지 한번 결정하면
그 생각을 이루어질 때까지 지속하기가 기본이다.

또 하나, 자기의 생각으로 자기 일을 망치거나
(내가 되겠어. 돈도 없는데, 내 능력으로는 좀…)
미리미리 알아서 포기하는 것은 바보 같은 일인데
많은 사람들이 그렇게 하고 있다.

나를 기쁘게, 설레게, 흥분되게, 마음이 따뜻하게,
에너지가 상승하게 하는 생각만 해야 한다.

그 외의 생각이 나오거나 떠오르면
즉시 "꺼져." 라고 하면 되고,
몇 번을 "꺼져."라고 하면

저절로 사라지고, 연습만 하면 된다.

2. 말(언어)

내 입에서 말이 나갈 때
제일 중요한 포인트는 "정직"해야 한다.
왜?
있는 그대로 정직해야 내 창조력(타고난)을 유지,
확대, 강력하게 할 수 있으니까.

어느 순간, 상황에서도 정직하게 말을 해야 하고
거짓을 말하는 것은 내가 소망하는 일들이 이루어지는 것을 망
치는 역할을 한다.

아주 사소한 것이라도 정직하게 말을 하는 것
그리고 말로서 나에게, 상대방에게
에너지를 상승시킬 때만 사용하고
말로써 나에게, 누군가에게
기분을 상하게 하거나 상처를 주거나
에너지를 떨어뜨리는 일은 아주 주의해야 한다.

나도 가끔 실수하지만
(네 엄마를 화나게 하는 것을 많이 봤지.)
말로써 누군가를 가르치거나 변하게 하는 것은

거의 불가능하니
쓸데없이 불필요한 말로
내 에너지를 낭비하는 일이 없도록 해라.

3. 행동

일단 행동은 창조 과정의 마지막 과정으로서
창조의 효과가 즉각적으로 나타난다.

행동하면 그 결과는 성공이든 실패든
즉각적이기 때문에 행동하기 전에
생각-말-행동이 일관성이 있는지, 일치하는지
꼭 확인하는 것이 필요하다.

특히 생각하고 결정했으면,
일단은 행동해야 하지.
행동 없는 생각은 창조성이 아주 약하단다.

마지막 과정인 행동은,
즉흥적으로 하는 것보다는
과정을 몇 번 검토 후 해야만
시행착오를 줄일 수 있단다.

숨쉬기와 명상

1. 숨쉬기

1) 눈을 감는다. (눈을 감아야. 마음의 눈이 떠진다.)

2) 편안히 마시고 내쉰다.

   (마실 때는 코로 소리를 내며 마시고, 내쉴 때는 입으로 소리를 내며 내쉰다.)

3) 숨을 마시고 내쉴 때,

   반드시 그 소리를 내고 듣는다.

소리를 내고 들어야 생각이 멈추고

생각이 멈춰야, 고요한 상태에 들어가니까.

2. 명상

고요한 상태에서

평안함과 기쁨이 올라오는 것을 느낄 수 있고,

이 상태가 나와 나 자신의 근원(원래의 나?)이

하나가 되는 순간이니까.

이러한 상태에서

내가 하고자 하는 일의 길도 찾고 방법도 찾고

내 삶을 내가 만들어가는 시작이다.

명상을 하려면 반드시 숨쉬기를 먼저하고
고요한 상태에 들어가는 것이 중요하다.
그 고요한 상태를 유지, 지속시키는 힘이 생겨야
내 안에서 일어나는
제대로 가는 길과
내 안의 유혹(이익, 이기적인 것, 명예욕)을
구별할 수 있고
이것을 구별 못 하면 계속 가다가 넘어지고,
실패하고, 시간도 날리고, 돈도 날린다.

결국, 행복하고 재미있는 보람된 내 생활은
내가 결정하고 선택하는 것이란다.

내 선택을,
의식적으로 내가 알면서 하는가?
무의식적으로 모르면서 나도 모르게 하는가?
그 차이만 있단다.

그래서 명상을 해야 한다는 것이다.

기억지우기(Data Delete), 트라우마(고통) 날리기

요새 신문과 방송에서
트라우마라는 말이 많이 나오는데
어떤 일에 대해 충격받은 기억 때문에
고통을 받는다는 것이지.
그 기억이 떠오르면,
그 충격도 같이 와서 고통스러운 것이다.

우리의 영혼은 아마도 내가 살아오면서
보고, 듣고, 느끼고… 등등의, 그 Data의 총합이다.

기분 좋은 Data는 그 속성이 가벼워서(진동수가 높아서?) 쉬이 날아
가는데,
고통스러운 Data는 그 속성이 무거워서(진동수가 낮아서?) 오래도록
남아 있다.

이렇게 남아서 제 맘대로 불쑥불쑥 올라오는 트라우마, 고통스
러운 기억들을 어떻게 날려 보내지?

기억 날리기

숨쉬기를 한 10회 정도 하고 고요한 상태에서,
그 기억을 불러낸 다음에, 그 기억에 대하여
1. 사랑합니다. -이 기억도 내 영혼의 일부분이니까
2. 미안합니다. -이제 나에게서 떠나보내니(지우려고)
3. 용서하세요. -강제 이별을
4. 사라지세요. -지우기
5. 감사합니다. -그동안 함께했으니
6. 사랑합니다.

그 기억에 대고 이렇게 6단계로 지우면
점점 그 기억이 가벼워지고, 옅어지고
사라지는 것을 느낄 수 있고
몸과 마음이 가벼워지면, 없어지는 것이다.

한번에, 당연히 안된다.
없어질 때까지 수시로 반복하면 된다.
내가 끄집어내서 해도 되고
지가 알아서 올라오면
아~ 너 왔네 하고 6단계 지우기를 하면 된다.

어느 순간 그 기억이 사라진 것을 알 수 있다.

에너지 충전과 사용 | 생활

딸들아,
하루 생활을 잘 살펴보면, 너희들의 전체 인생에 대한 어떤 힌트를 얻을 것이다.

아침에 일어나고,
일하러 가고, 학교 가는 것도 일하러 가는 것이다.
저녁에 집으로 돌아오고
시간 되면 자고
다시 아침에 일어나고…

이 과정에서 에너지 충전하는 것은
1. 숨쉬기
2. 잠자기
3. 밥 먹기
4. 취미 생활
5. 사랑하기/받기, 용서하기/받기, 감사하기, 정직하기, 있는 그대로
   받아들이기 등이 있다.

에너지 사용하기는

1. 생각하기
2. 말하기
3. 행동하기
4. 운동하기
5. 취미 생활(겜하기…)
6. 사랑하기/받기, 용서하기/받기, 감사하기, 정직하기, 있는 그대로
   받아들이기 등이 있다.

에너지 충전과 사용이 매일 반복되고 있는 것이다.

자! 어떻게 하면
에너지 충전을 신속하게, 가득할 수 있나?
에너지 사용을 적절히, 효과적으로 해서
내 생활을 재밌게, 풍족하게, 여유롭게 할까?

한번, 생각해 보자.

에너지 충전 | 숨쉬기

다시 한 번 숨쉬기를 살펴보면,
들이마시고(산소), 내쉬고(이산화탄소)
반복되는 이 숨쉬기를 효과적으로 하는 방법은

1. 눈을 감는다
2. 편안히 마시고 내쉰다
   마실 때는 코로 소리를 내며 마시고,
   내쉴 때는 입으로 소리를 내며 내쉰다.
3. 숨을 마시고 내쉴 때,
   반드시 그 소리를 내고 듣는다!

눈을 감아야 밖으로 나가는 눈길을 멈추고
내 안으로 향하게 할 수 있으니까.
소리를 내고 들어야 생각이 멈추고
생각이 멈춰야 에너지 순환의 질이 높아진다.
(즉. 에너지 충전이 잘 된다는 의미.)

잠을 자도 아침에 개운하지 않은 것은
에너지 충전이 잘되지 않아서다.

이럴 때 잠시 숨쉬기를 하면
즉시 충전이 되고 개운해진다.

숨쉬기할 때,
초기에는 소리를 들으며 마시고 내쉬고
이게 연습이 되면
점점 깊이 들이마시고 내쉬고를 하게 되고(저절로)
숨 쉬는 시간도 저절로 길어진다.

에너지 충전이 급속히, 양질로 되고,
건강에 도움이 되고, 에너지 순환이 된다.

우리 몸 에너지의 두 기둥은
음 에너지와 양 에너지로
이 두 에너지의 균형이 건강이고
균형이 깨지면 서서히 건강에 문제가 발생한다.

두 에너지의 조화를 이루게 하는 방법으로
숨쉬기, 운동, 음식…
그중에서도 숨쉬기가 가장 강력한 수단이다.

마시고 −음을 강화시키고
내쉬고 −양을 강화시키고

숨은 곧 생명이고
이 생명이 있음에
신이(그 이름이 예수, 부처, 알라… 무엇이든)
실재함을 느낄 수 있고,
신의 사랑은 숨,
즉 생명으로 표현되는 것이 아닐까?

아침에 눈을 뜨고 일어나
내가 숨을 쉬고 있다는 것은
내가 살아있다는 것이고
살아있다는 것은
내 삶에 모든 가능성이 열려있다는 것이다.

내가 지금 숨을 쉬고 있어?
내가 원하는 모든 일들이 이루어질 가능성 100%다.
내가 스스로 포기하지만 않는다면.

에너지 충전 | 잠자기(불면증 꺼져라!!!)

잠을 푹 자면
아침에 저절로 눈이 떠지고
온몸이 개운하고
뭔가 기분 좋은 일이 올 것 같은 예감이 든다.
이것이 에너지가 충분히 충전되었다는 신호다.
보통 깊은 산 속으로 여행 가서 푹 자고 나면
이 상태를 느낄 수 있고
여기에서 알려주는 방법으로 연습하면
매일 이렇게 푹 자고
에너지 충전이 잘된 상태로 하루를 시작할 수 있다.

반대로 잠을 제대로 푹 자지 못하면
에너지 충전이 덜 되어서
아침에 일어나기 싫고, 더 자고 싶고
마지못해 일어나도 썩 유쾌하지 않은 채
하루가 시작되고
하루종일 기분이 꿀꿀하고, 짜증나고, 화나고, 신경질적이고, 일
도 잘되지 않고, 엉망진창 하루가 된다.

그러면 어떻게 자면 될까?

1. 숨쉬기를 다음과 같이 한다.
① 눈을 감는다
　눈을 감아야 내면을 보거나 느낄 수 있으니까.
　눈을 뜨면 눈에 보이는 것에
　마음을 뺏기거나 에너지를 소모하니까.

② 그저 숨을 편안히 마시고 내쉰다.
　마실 때는 코로 소리를 내며 마시고
　내쉴 때는 입으로 소리를 내며 내쉰다.
　숙달되면 소리를 내지 않아도 된다.
　초기에 쉽게 집중하도록 소리를 내는 것.
　더 숙달되면 코로 마시고 내쉬고. 평상시처럼.

③ 숨이 들어오고 나갈 때, 반드시 그 소리를 듣는다
　소리를 내고 들어야 생각이 멈추고,
　생각이 멈춰야 바로 잠으로 풍덩!!!

2. 숨 쉬는 소리를 꼭 들어서 생각을 멈추는 것이 핵심.
　잠을 잘 못 이루는 사람들의 특징은
　눈감고, 계속 이 생각 저 생각 따라가다가 잠을 못 이루는 것
　이거든.

생각 뚝!!! −소리를 내고 들어라.

3. 숨소리를 듣다가 잠이 스르르 들면
   계속 그 숨쉬기 상태가 유지되어
   깊은 잠, 꿀잠, 개운한 잠,
   에너지 충전이 가득한 잠이 되는 것이지요.

4. 잠자리에 드는 가장 중요한 시간 오후 10시 이전. 아무리 늦
   어도 11시 이전 반드시 누울 것.
   혹 일이 있으면 11시~1시(자시)에는 반드시 자고
   일찍 일어나는 것이 에너지 충전 가득한 꿀잠의 핵심이야.

딸들아,
10시 이전에 잠자는 습관을 만들어!

건강을 위하여!!!

에너지 충전 | 밥 먹기(음식)

딸들아,
밥 먹는 거에 대해서 이미 많이 알고 있겠지만,
간단히 정리해 보자.

에너지 충전을 잘하기 위한 밥 먹기.

1. 네 입에 당기는 것만 먹기
   건강에 좋다고 알려진 수많은 정보는 참고만 하고
   끼니마다 입에 당기는 것만 먹는 것이 아주 중요하다.
   어떤 것이 당긴다는 것은
   그 에너지가 현재 내 몸에 필요하다는 신호다.

① 신맛
   –사과, 오렌지, 식초
   –"간"의 기능이 떨어지면 당기게 되지.

   몸의 상태가
   –근육 경련이나 쥐가 날 때 –현정이 잘 보거라.
   –편두통이 심할 때
   –편도선이 붓거나 목이 심하게 아플 때

−오줌을 자주 쌀 때(아이나 할머니)

　−눈물이 나거나 눈이 심히 불편할 때

이런 신호는 간의 기능이 떨어졌다는 거지.

② 쓴맛

　−커피. 소주, 짜장, 씀바귀, 초콜릿.

　−"심장"의 기능 떨어지면 당기게 된다.

　몸의 상태가

　−울화가 치밀 때

　−깜짝깜짝 놀랄 때

　−자꾸 신경질이 날 때

　−자꾸 마음이 급해질 때

　−얼굴이 잘 붓고,

　− 목이 마르고, 갈증이 심할 때

　−생리통이 심할 때

　−양 볼이 붉어질 때

이런 신호는 심장의 기능이 떨어졌다는 것이다.

③ 단맛

　−꿀, 설탕

　−"위장"의 기능이 떨어지면 당기게 되지.

몸의 상태가

　-근심걱정이 지나칠 때

　-의처증, 의부증이 있을 때

　-트림이 심할 때

　-무릎이 아플 때

　-앞이마 두통이 심할 때

　-입술이 부르틀 때

　-속이 쓰리고 더부룩할 때

　-입에서 냄새가 심할 때

　-이마에 개기름이 많이 흐를 때

　-배가 아플 때

이런 신호는 위장의 기능이 떨어졌다는 거지.

④ 매운맛

　-청양고추, 마늘, 생강, 매운탕

　-폐와 대장의 기능이 떨어지면 당기게 된다.

몸의 상태가

　-우울증이나, 비관적인 생각이 나올 때

　-손목에 관절 통증이 있을 때

　-콧물이 많이 나올 때

　-피부에 문제가 있을 때

　-기침할 때

-설사를 심하게 할 때
이런 신호는 폐와 대장의 기능이 떨어졌다는 것이다.

⑤ 짠맛
　　-젓갈류, 소금, 액젓
　　-신장과 방광의 기능이 떨어지면 당기게 된다.

　몸의 상태가
　　-부정적인 생각이 많이 나올 때
　　-아주 많이 무서워하거나, 공포증이 있을 때
　　-허리가 뻐근하게 아플 때
　　-귀에서 소리가 날 때
　　-발목이 아플 때
　　-후두통이 있을 때
　　-눈알이 튀어나올 듯 아프거나, 심하게 뻑뻑할 때
　　-아이가 침을 많이 흘릴 때
　　-얼굴이 심히 검게 될 때
이런 신호는 신장과 방광의 기능이 떨어졌다는 것이다.

⑥ 담백한 맛/ 아린 맛
　　-숙주나물, 콩나물, 옥수수, 바나나, 감자.
　　-심포삼초의 기능이 떨어지면 당기게 되지.

　몸의 상태가

−이유 없이 불안하고, 초조할 때
−신경이 예민해지고, 울화가 치밀 때
−집중력이 없고, 부산할 때
−무기력하고, 쉬이 피곤해질 때
−신경성 소화 불량
−손발이 차고 저릴 때
−가슴이 답답할 때
−어깨 관절이 아플 때

이런 신호는 심포삼초의 기능이 떨어졌다는 것이다.

2. 적당히 먹기

지나치게 많이 먹으면 소화하느라 에너지 다 쓰게 됩니다.
적당히 먹기는 몸의 가뿐한 상태를 유지시켜 줍니다.

3. 신선한 채소, 과일을 많이 먹기.

4. 내 입맛에 맞게 강도를 천천히 높일 것

음식과 약의 차이는 얼마나 "그 맛"이 강한가인데
음식을 약으로 먹으려면, 적당한 강도를 맞추어야 합니다.
달기는 단데, 살짝
쓰기는 쓴데, 살짝
시기는 신데, 살짝
맵기는 매운데, 살짝
짜기는 짠데, 살짝

이런 식으로 음식을 섭취하면 많이 먹게 되는 거지요.

5. 밥맛이 없으면, 굶는다.
(언제까지? 배고파 죽을 지경까지.)
  −"시장기"가 가장 좋은 반찬입니다.

6. 밥 먹을 때, 다른 짓을 하지 말고
  −책보기, 신문보기, 핸드폰 보기, 심한 수다 떨기….
오로지 밥만 드세요.
밥이 입안에 들어가면
몸이 어떻게 느끼는지(음미) 잘 살펴보는 것이
각각의 음식이 가지고 있는 에너지를
전부, 몽땅 흡수하는 길입니다.

7. 늘 감사한 마음으로 밥을 먹기
  −준비하신 부모님
  −만드신 농부, 어부…

더 중요한 것은
지금 내가 먹는 음식이
곧바로
내 "몸"이 되는 것입니다.

에너지 사용 | 생각

딸들아,
지금 무슨 생각하고 있느냐?

생각할 때, 세 가지 경우가 있는데
1. 그냥 어떤 생각이 올라와서 그 생각을 하는 경우
   불쑥불쑥 이 생각 저 생각이 내 안에서 떠오르고
   그 생각을 따라가는 경우다.
   이런 생각들의 뿌리는 예전의 내 경험이나
   무의식에 잠겨있던 Data가 쓱 올라오는 것이다.
   이런 생각들은 별로 내 생활에 도움이 되지 않고
   머리만 복잡하게 한다.
   이런 생각들은 과감히 "꺼져"하고 날려버린다.
   대개 이런 경우의 생각들은
   어떤 근심과 걱정의 뿌리들이다.

2. 내가 선택한 어떤 주제에 관하여,
   내가 생각을 일으키는 경우
   평소에 내가 원하는 일이나, 하고 싶은 일,
   갖고 싶은 것들을 딱 정해 놓고

그것에 관하여 집중하여 생각하는 경우로
이런 생각을 계속하게 되면
그 일이 내 생활에 일어난다.
"꿈은 이루어진다"는 말이 있다.
그 꿈에 대해서 계속 생각하고, 방법을 찾고
그 일에 맞는 말을 하고, 행동하면
결국, 그 일은 이루어진다는 말이다.
이렇게 생각을 사용해야
내 생활이 내 맘대로 되는 것이다.

3. 기발한 아이디어(영감)
어떤 일을 하겠다고 결정을 하고
계속 그 생각을 하고
어떻게 하면 될까 궁리를 하고
계속 한 생각을 하면
어느 순간에 기발한 느낌이나 생각이
내 안에서 떠오른다.
내 안의 내 근원(영혼)이
나에게 전해주는 선물? 같은 것이다.

생각이 내가 가진 절호의 기회인데
사람들은 "생각 하기"를 잘 사용하지 못한다.
(왜, 연습이 되지 않아서, 배운 것도 없고)

딸들아,

숨쉬기를 10회 정도 하면,
고요하고, 평안해진 상태에 이르게 되고,
이때 스스로 네가 하고 싶은 일, 갖고 싶은 것을 떠올려서 집중
적으로 생각해봐.
그것을 이룰 수 있는 방법이나
기회가 쓱 나타날 거니까.

많은 사람들은 "생각하기"를
1. 근심 걱정하는데
2. 의심하는데 (특히 자기 자신의 능력, 내가 되겠어?)
3. 아무튼, 일이 안되게 하는 쪽으로 사용한다.

항상 네가 무슨 생각을 하는지 살펴보는 습관을 가져야 한단다.

어떤 생각을 할 때
기분이 좋고 편안하고 신나면
그 생각이 너한테 맞는 거고
기분이 찜찜하거나
가슴이 답답하거나
마음이 무거워지면
그 생각이 너한테 맞지 않은 것이니

그냥 "꺼져! 스톱!" 하면 된다.

생각으로 이루지 못할 것은 아무것도 없고,
생각은 한계가 없단다.

행복 – 불행
평화 – 불안
만족 – 불평
부자 – 가난함
웃음 – 울음
화목함 – 다툼….

시작은?
너의 한 생각에서!!!

에너지 사용 | 말

우리 생활은
생각하고, 말하고, 행동하는 과정을 통해서 이루어진다.

생각이 먼저 확고부동해야지만
거기에 맞는 말이 나오는 거지.

옛말에 "말 한마디로 천 냥 빚을 갚는다."는 말을 들어 봤지?
"말"이 중요하다는 것이다.

"말"을 사용할 때는
1. 확고한 내 생각에 맞는 말만 해야 한다.
   성공하고 싶으면, 성공하는 것에 맞는 말을 해야 한다. 아~
   난 안 되나 봐! 이런 말은 스스로 자기를 성공하지 못하게 하
   는 주문이다.
2. 생각이 정리된 후에 말을 해야 한다.
   수시로 말이 바뀌는 사람들, 많이 봤다.
   이랬다저랬다. 자신을 스스로 방해하는 것이다.
3. 말은 적게, 천천히, 아름다운 말만 한다.
   말이 많으면, 시끄럽고 실수를 하게 된다.
   화가 나면, 말을 빨리하지. 따- 따- 따-따

화가 날 때는
재빨리 눈을 감고 숨쉬기를 10번만 해본다.

4. 정직한 말만 하기
   거짓말을 하면, 당장은 위기를 모면하는 것 같지만
   더 큰 위기를 만드는 것이다.
   어떤 순간에도 있는 그대로, 정직하게 말한다.

5. 에너지를 북돋우는 말과 떨어뜨리는 말
   말을 할 때는 내 말이 나에게/남에게 에너지를 북돋우나 떨어
   뜨리나, 잠시 생각해본다.
   −고운말 / 욕지거리
   −칭찬 / 꾸중, 비난
   −아름다운 말 / 상스러운 말

생각이 있어야 말이 나오고, 그 말따라 행동하니
"말"을 잘 사용해서
내 입에서 향기가 나도록 해야지.

딸들아,

무슨 말을 하면서 생활하는지.
잘 살펴보기 바란다.

에너지 사용 | 행동

행동하는 것은
생각 ⇨ 말 ⇨ 행동의 과정 중에서 가장 마지막이다.
행동은 무언가를 하고, 즉시 무언가를 체험하는 거다.
생활하면서 가장 핵심적인 활동이 행동이다.
그래서 행동을 하면,
결과가 즉시 나타나는 것이 특징이다.

행동을 할 때는
1. 말 ⇨ 행동, 즉 언행일치가 되어야
   내가 원하는 결과가 나온다.
2. 몸을 써서 어떤 일을 하는 것이니 행동을 할 때는
   신중하게, 조심스럽게, 안전하게 해야 한단다.
3. 행동을 할 때는
   즉시 몸으로 체험을 하는 것이니
   내가 그 순간에,
   어떻게 느끼는지를 잘 살펴봐야 한다.

기분이 좋으면, 계속
기분이 싸하면, 중단하고,

다시 살펴보고 행동해야 한다.

생활할 때,
생각 ⇨ 말 ⇨ 행동
정확히 일치하면, 원하는 결과가 나올 것이고
그렇지 않으면, 몸만 고생하게 된다.

딸들아,

무슨 행동을 하는지 스스로 살펴보거라!!!

숨쉬기 단계

숨쉬기로 건강을 회복하고, 증진하고,
에너지 충전을 강력하게 하는 그 과정은,

1. 숨쉬기 1단계(일반적인 숨쉬기)
그냥 평상시에 일하면서, 놀면서, 밥 먹으면서….
하는 숨쉬기는
딱, 죽지 않을 만큼만 에너지가 충전되지.
99.99%의 사람들이 이렇게 하고 있지.

2. 숨쉬기 2단계(숨쉬기 입문)
① 눈을 감는다.
　　눈을 감아야 내면을 보거나 느낄 수 있으니까.
　　눈을 뜨면 눈에 보이는 것에 마음을 뺏기거나
　　에너지를 소모하니까.
② 그저 숨을 편안히 코로 마시고, 입으로 내쉰다.
　　마실 때는 코로 소리를 내며 마시고,
　　내쉴 때는 입으로 소리를 내며 내쉰다.
　　숙달되면 소리를 내지 않아도 된다.

초기에 쉽게 집중하도록 소리를 내는 것.

더 숙달되면 코로 마시고 내쉬고. 평상시처럼.

③ 숨이 들어오고 나갈 때, 반드시 그 소리를 듣는다.

소리를 내고 들어야 생각이 멈추고

생각이 멈춰야 에너지 충전과 순환의 질이 높아진다.

3. 숨쉬기 3단계 −숨쉬기 중급

① 숨쉬기를 할 때,

가. 가슴; 올라왔다, 내려갔다 하는 경우;

　　건강이 좋지 않다는 신호

나. 배꼽 윗부분; 올라왔다, 내려갔다 하는 경우;

　　건강이 좋지 않다는 신호

다. 배꼽 위, 아랫부분;

　　어린아이들이 숨 쉴 때. 정상적 숨쉬기. 복식호흡.

② 숨쉬기 3단계는 평상시에 복식 호흡을 하는 경우로

눈감고 의도적으로 숨쉬기할 때와 아무 생각 없이 숨쉬기할

때, 복식 호흡을 하는 경우.

③ 이 단계부터는 에너지 충전과 순환의 질이 확 상승한다.

4. 숨쉬기 4단계(숨쉬기 고급)

① 숨쉬기할 때 아랫배가 −단전−

올라왔다, 내려갔다 하는 경우

② 슬슬 힘이 난다고 할까?

5. 숨쉬기의 길이

숨을 쉴 때,
마시는 숨의 길이와 내쉬는 숨의 길이는
위와 같은 연습한 후에 진행해야 한단다.
시작할 때부터 길게 하려고 하면,
숨쉬기도 잘되지 않고
몸에 무리가 와서 오히려 건강을 해치니,
천천히 연습해서
숨쉬기 3단계 이후에 시작하는 것이 좋단다.

숨쉬기의 길이 | 시간

딸들아,

숨쉬기로
건강을 획기적으로 회복하고, 증진하기 위해서는
마시는 숨과 내쉬는 숨의 길이(시간) 조절이 중요한데
잘 읽어보고 시시때때로 연습하기 바란다.
우리 몸, 마음은(아마, 이 세상은)
음과 양, 두 가지 에너지 조합으로 구성되어 있단다.

몸은 배꼽을 기준으로
아래 하체 부분 −음
위의 상체 부분 −양

왼쪽 부분 −음
오른쪽 부분 −양

이렇게 4부분으로 구분할 수 있고
그중에서 위, 아래 두 부분이
현재의 몸 상태를 판단하는 기준이 된다.

가령

음의 에너지가 강하면

하체 부분으로 에너지가 더 간다는 뜻이니

체중이 늘고

양의 에너지가 강하면

상체 부분으로 에너지가 더 가게 되니

체중이 감소한다.

(다이어트의 핵심은 양의 기운을 늘리는 것이지)

숨쉬기의 마시기――음에너지(물질을 만들고)

숨쉬기의 내쉬기――양에너지(물질을 해체하고)

1. 음과 양의 에너지를 측정하는 방법은

－음: 손목의 안쪽 상단에 맥박이 뛰니

　　그것으로 측정하고 왼쪽과 오른쪽 두 군데.

－양: 목덜미의 좌, 우 양쪽에 맥박이 뛰니

　　그곳으로 측정한다. 왼쪽과 오른쪽 두 군데.

모두 네 군데에서 맥박의 크기를 측정하여, 가장 큰 곳을 찾아
낸다.

2. 가장 큰 곳은 두 가지 경우이니,

① 양의 경우;

　목(인영)의 좌측 또는 우측이 가장 큰 경우

② 음의 경우;
손목(열결)의 좌측 또는 우측이 가장 큰 경우

3. 숨쉬기로 건강을 회복 증진하는 방법은
음과 양의 크기를 같도록 조절하는 것이다.

① 양에너지가 큰 경우
　－"음"을 강화하도록 숨을 쉰다.
　－마시기 2 ; 내쉬기 1(시간 기준)
② 음에너지가 큰 경우;
　－"양"을 강화하도록 숨을 쉰다.
　－마시기 1 ; 내쉬기 2(시간 기준)

4. 위의 방법으로 숨쉬기를 하면
순간적으로 몸이 따뜻해지고, 에너지가 충전되는 것이 느껴진다.

5. 처음부터 무리해서 길게 하지 말고, 편안하게 연습을 하고
아주 천천히 그 시간을 늘리는 것이 계속할 수 있는 방법이다.

숨쉬기에서도 욕심내는 사람들이 있는데(길게 하려고)
그러면 오래 못한다.

너희들의 몸 상태에 맞게 일심으로
천천히, 꾸준히 숨쉬기 연습을 해야 한다.

숨쉬기 공간 | 마시기와 내쉬기, 내쉬기와 마시기 그 사이

숨을 쉴 때

마시기하고 내쉴 때, 그 사이의 잠깐 멈춤이 있는데
이는 마시는 숨으로 즉, 음으로 하고
내쉬기하고, 마실 때, 그 사이의 잠깐 멈춤이 있는데
이는 내쉬는 숨으로, 즉, 양으로 한다.

호흡의 길이로 음, 양을 조절하는 단계가 될 때
1. 마시기를 길게 해야 하는 경우(음을 강화해야 하는 경우)
    마시기를 하고 잠시 멈추고 있으면
    계속 마시기가 진행되는 것이다.

2. 내쉬기를 길게 해야 하는 경우 (양을 강화해야 하는 경우)
    내쉬기를 하고 잠시 멈추고 있으면,
    계속 내쉬기가 진행되는 것이다.

숨쉬기의 효과를 즉각 체험하고 싶으면
멈추는 시간을 길게 하면, 느낄 수 있다.

왠지 슬퍼질 때, 의기소침, 짜증, 무기력, 좌절감을 느낄 때

딸들아,

왠지 슬퍼질 때
의기소침해질 때
아무 이유 없이 짜증이 올라올 때
무기력하게 느낄 때
슬금슬금 좌절감이 밀려올 때
그것을 그냥 느끼고 있으면, 점점 더 수렁에 빠지니
숨을 깊이 쉬어!

숨을 마시고
(도저히 참지 못할 정도까지, 마치 곧 죽을 것 같은 순간까지)
숨을 확 내 쉬어!!! 그리고 마시지 마!!!
도저히 참지 못할 정도까지,
마치 곧 죽을 것 같은 순간까지.
한 번만 해보셔!!!

가정의 핵심 −여성

딸들아,

한 가정은 여성과 남성이 사랑으로 만나
아이가 등장하면서 완성이 된단다.
음 −여성
양 −남성
중 −아이

이 가정에서
남성은 주로 밖에서 돈을 벌거나, 만들어 오고
여성은 주로 집안에서 그 돈으로 가정 경제를 꾸리고 자녀를 돌
보는 것이다.

이 역할에서
예전에는 남성이 가정의 기둥이니, 울타리니 하면서
남성 중심으로 생각을 했는데
실제로는 여성들이 실질적인 가장이다.
남성은 돈 벌어 오는 머슴이나, 노예?

왜?
결혼하고 나이가 들어가면서
여성들의 파워가 더 강력해질까?

여성은 아이를 몸속에서 10개월을 품고 있다가
죽을 고비를 넘기면서
출산이라는 과정을 경험하기 때문이다.

여성이 출산이라는 거의 죽음에 가까운 경험을 하면
시야가, 생각이, 관점이 확 바뀌는 것이다.
즉, 처녀일 때와는 완전히 다른 사람으로 변신하게 된다.

이런 변신이 여성을 더 강하게 냉철하게 현실적으로 더욱 사랑
이 넘치는 존재로 탈바꿈을 시키고
이것이 여성을, 엄마를 가정의 핵심으로 만들게 된다.

딸들아,
너희들은 장차 한 가정의 핵심이 되니
자부심을 갖고 당당히 살아가야 한다.

My Way | 나만의 길

딸들아,

너만의 길을 찾았느냐?

세상에 수없이 많은 사람들이 있지만
모두 얼굴이, 생각이 다르듯이
각자가 가는
자기만의 길이 있지 않을까?

아무 생각 없이, 그냥 그렇게 가다보면
사는 것도 그냥 그렇게 되는 대로….

시간을 내서
어떤 길을 만들지, 찾을지,
두리번거려야 한다.

그 길에 들어서면
마음이 편안해지고
기쁨이 저절로 샘솟고

생활이 생기가 넘치고
풍요롭게 돈도 따라오게 될 거야.

우리가 뭐 세끼 밥 먹자고
뼈 빠지게 힘들여서 열심히 일해야
목숨 부지하는 그런 존재는 아닐 거다!!!

돈 벌려고, 먹고 살자고, 일거리 찾지 말고,
네가 재밌고, 신나고, 흥겨운
너만의 길을 만들어 봐라.

거기 너만의 행복이, 보람이 있을 것이다.

그 길이 어디? 네 안에!!!
숨쉬기해서 고요해져야!
그 길을 느끼고
만들 수 있을 것이다.

네 안에 있다고!!!

딸들아,

네가 찾는 것이 무엇이냐?

돈을 많이 벌어, 부자가 되는 것이냐?
다이어트를 해서, 날씬해지는 것이냐?
멋진 남자 만나서, 행복하게 사는 것이냐?
아픈 몸을, 다시 건강하게 하는 것이냐?
직장 동료가 확 변해서
더 편안한 직장 생활을 하는 것이냐?
새로운 친구를 만들어
더 재밌는 학교생활을 하는 것이냐?
엄마, 아빠가 돈 많이 벌어
너에게 돈을 펑펑 주는 것이냐?
모든 것이 풍족해서
아주 편안하고 신나게 사는 것이냐?
돈과 시간이 넘쳐서, 여기저기 여행을 가는 것이냐?
내 주변 사람들이
나를 좋아해 주고, 존중하고, 받드는 것이냐?

일을 아주 잘해서, 쭉쭉 승진하고 잘나가는 것이냐?

그 모든 길이
네 안에 있다!!!

네 눈 밖에서 찾으면, 영영 못 찾을 거야!!!

눈을 감고 숨쉬기를 해!!!

네 안에 모두 있다고!!!

02

마음을 사용하기

정신적인 건강

건강하면,
우선적으로 몸(육체)을 이야기하는데
그 몸을 움직이는 정보가 정신이기 때문에
정신적 건강이 우선이지.

정신적 건강을 위한 방법은
1. 웃음
2. 긍정적인 자세
3. 감사함
4. 배려-나 아닌 다른 사람을 위한 것
5. 용서-남의 잘못을 내 마음에 담아두지 않는 것
6. 명상

생활하면서 수많은 사람도 만나고, 사건도 만나고, 일들을 보면서 우린 아주 순간적으로, 자동적으로 판단해서(좋다, 나쁘다, 맛있다, 없다, 내 스타일이다, 아니다…) 정보를 나 자신에게 입력한다.

이때 아주 위험한 독소를 그대로 입력하면
정신적인 건강에 악영향을 준다.

가령,

나는 못생겼다.

나는 공부를 못한다.

나는 사랑받지 못한다.

열등감, 죄책감 유발, 자기비하하는 내용들…

이런 독소들은 반드시 정화해서 입력하거나

아니면 입력을 거절해야 한다.

내 마음을 항상 들여다보고

닦고(기억들을 지우고)

깨끗이 유지하여

고요하고, 평화롭고, 기쁘고 감사함을 느끼는 것이

정신적인 건강에 아주 좋은 방법이다.

주문을 외워봐. 아무 때나

감사합니다. 감사합니다….

한 열 번도 하기 전에 감사한 일들이 떠올라서

더 실감 나게

"감사합니다."라는 표현이 나올 것이다.

정신 건강은 내가 결정하는 것이다.

정직에 대하여

정직 바르고 곧다.
정직성 거짓이나 숨김이 없이 참되고 바른 성질이다.

학교에서나 구호로 사용되는 정직
정직성이 왜 중요한가?

거짓을 안 하는 것.
있는 그대로 하는 것.

우리는 태어날 때부터 창조력
창조성을 가지고 오는데(마치 신의 창조능력처럼)
정직해야만 이 능력을 써먹을 수 있다.

우리가 하는 여러 생각 중에서
어떤 생각은 쉽게 현실이 되고
어떤 것은 이루어지지 않거나 실패하는데
이것의 차이는 "창조력의 차이"도 영향을 미친다.

창조성, 창조력이

마치 맑은 거울처럼 깨끗하다고 하면
그 표면에 먼지 때가 켜켜이 쌓이면
거울의 기능을 잃어버리듯이
내가 생활하면서 알고 하든, 모르고 하든,
거짓말을 하거나, 거짓된 행동을 하면
내가 가지고 있는 본래의 창조능력을 덮어버려
점점 나의 창조 능력이 약해지고
그러다가 없어지겠지.

창조능력이 없는 삶은
뭐, 썩 재미있지는 않을 거야.

창조능력을 향상 시키려면 명상을 해야 한다.
창조능력을 죽이려면 거짓말을 하면 된다.

어느 정도가 거짓인가?

만일 내가 아침밥을 안 먹었는데
누가 아침 먹었냐고 물었을 때
"네."라고 그냥 이야기하는 거, 이것도 거짓이다.

어떤 음식을 먹는데 맛이 별로야!
동석한 어른이, 선생님께서 맛있네! 맛있지? 할 때, "네."라고 내

가 느낀 맛과 다르게 대답하는 것
또한, 거짓이다.

내가 느낀 사실을 있는 그대로 말하는 것이 정직이다.

그 대신 뭐 모양새 있게 맛이 어때?
글쎄요, 제 입에는…

정직하면 손해 보고
미친 짓이라고 많은 사람들이 이야기하고
거짓을 밥 먹듯이 하는데
실제로 이렇게 행동하는 사람 중에 잘된 사람 없다.
찌질하게 살지.

말은 이렇게 하고, 행동은 저렇게 하고
오늘은 이 말 하고, 내일은 딴말하고,
이것도 거짓이다.

자기 자신에게 정직한 거!
이것이 핵심이다.

내가 정직성을 계속 지키고 유지하다 보면
남들의 정직성도 그대로 보이고

차츰 정직성이 있는 사람끼리 모이게 되지.

정직한 사람이 말하면 그대로 믿으면 되고
그에 맞춰 나도 행동하면 된다.
단순해지지!

순수한
단순한
심플한
여유로운
평화로운
고요한 생활의 시작!

정직성에서부터 시작된다.

선택 | 골라잡기

순간의 선택이 10년을 좌우합니다.
예전의 TV 광고에 나온 말이다.
이것은 물건을 살 때의 경우지만
우리 인생에서는
순간의 선택이 평생동안 지속되는 경우가 많다.
결혼처럼, 대학 입학처럼….

매일 어떤 선택을 해야 하는 경우
어떻게 그 결정을 내려야 좋은가?
물건 살 때든, 진로 결정이든, 소소한 결정도 있고
중요한 결정도 있다.

우선은 숨쉬기를 10회 정도 해서
고요한 상태에 들어간 후
그 선택을 했을 때
어떤 느낌인가를 잘 살펴보면 된다.

가와 나, 대개 둘 중의 하나를 선택하는데
어느 것이 더 기분이 좋은지, 마음이 편안해지는지

그 느낌을 알아차리면 거의 정확한 선택이 된다.

그런데 어떤 것이 더 이익인지
더 돈이 되는지
더 손해가 나는지 등….

생각에 기초한
돈, 이익, 체면에 초점을 두고 내리는 선택은
결국, 나중에 후회하게 되는 경우가 많으니
선택할 때는, 항상 나의 느낌에 집중해야 한다.

중요할수록 여러 차례 숨쉬기 하면서
그 선택의 결과를 느낌으로 확인해 보면
더 알맞은 선택이 되겠지.

딸들아,

결혼도 선택이란다.

사람과 사람

둘째 현정아,
요즈음 가끔 직장에서 상사와 부딪혀 짜증나는 일이 많이 생기
는 것 같다
뭐, 이게 사는 거지 할 수도 있지만
그리 즐거운 일은 아니다.

이럴 때는 어떻게 할까?
우선, 숨을 깊이 쉬고
저 사람이 지금 왜 그럴까?
속으로 질문을 해봐. 넌 추측할 수 있을 것이다.
네가 봐도 이 사람은 좀 실력이 부족해 또는 일만 생기면 책임을
아랫사람들에게 떠넘기려고 해.
자기가 하기 싫은 일을 나한테 시켜….

좀 불쌍해 보이지 않냐? 이 상사가.
먹고 살려고, 자존심 때문에
윗사람에게 잘 보이려고….

그 사람이 하는 행동을 보고, 네가 배워야 해.
이때는 나도 이렇게 해야지.

이런 것은 미친 짓이군. 난 그렇게 하지 말아야지.

이런 생각이 들면
그 사람은 이미 너의 선생님 역할을 하는 거다.
너는 그러지 말라고.

고맙지??? 감사히 생각하도록!!!
맘속으로 감사, 감사, 감사…. 열 번만 해 봐.
네가 감사히 생각하기 시작하면 할수록,
그 사람은 너한테 더 이상 짜증 나게 못 하고
아마도 너에게 기분 좋게 대할걸.

왜???
세상에 자기한테 감사하다고 하는데
짜증 내는 사람이 있어?

네가 생각하는 순간,
네 에너지가 상대방에게 전해지거든.
그 사람도 즉시 느껴!!

어떤 사람이 짜증을 내면, 말려들지 마.

빨리 그 자리에서 도망치거나, 숨쉬기해.
저… 화장실 좀 다녀오겠습니다. 급해서요.

사랑

사랑은 어느 시대건
시와 노래, 드라마의 주제로 가장 많이 등장하고 있지.

우리는 사랑 없이는 살아갈 수 없는 존재랄까?

고귀한 사랑도 있고
원수가 되어버리는 사랑도 있고
수많은 아니 모든 사람이
사랑을 하고 받고 살아가는데
사랑은 크게 두 가지가 있는 것 같다

1. 부모의 사랑

부모의 사랑은
어린아이가 세상에 태어났을 때부터 시작되고
아마 이 사랑 없인 아이가 존재할 수가 없지.

또한, 이 사랑을 내리사랑이라고도 하는데
먼저 태어난 부모가 늦게 태어난 자식에게 아무 조건 없이 그냥
주는 사랑이지.

진짜 사랑의 본보기랄까?
사랑의 본질은 그냥 주는 것이지.

사랑을 줄 때
받는 사람도 에너지가 충전되어 좋아하지만
사실은 주는 사람이 훨씬 더 에너지가 충전되지.
우주의 이치랄까?

신은 우리에게 생명으로 사랑을 표현하고 있지.
신의(어떤 신이든) 사랑이 없으면
만물은 존재할 수가 없다고 보는데
이 신의 사랑을 잘 나타내는 것이 부모의 사랑이지.

2. 남녀의 사랑
인류의 역사는 남자와 여자의 사랑 역사라고 할 정도로 가장 기본적이고 보편적인 사랑의 유형이다.

남자와 여자가 서로 사랑하는 것은 가족의 시발점이고
새로운 생명이 태어나는 통로지. 그런데 이 남녀의 사랑은 부모의 사랑과는 약간 다른 모습이다.

부모의 사랑으로 태어난 아이는 스스로 선택한 것이 아니지. (사실 영적으로는 부모·자식의 관계를 서로 선택해서 이 세상에 온다는 이야기도 있지만)

그러나 남녀의 사랑은 스스로 성장한 후에 자기의 생각으로 선택한다는 것이 중요한 내용이다.

또한, 이 사랑을 초기에는 부모의 사랑처럼 서로 상대방에게 거저 주는 사랑으로 시작하지만, 어느 정도 진행되면 서로가 상대방의 사랑을 받으려고 하는 특징이 있지.

상대방의 사랑을 기대하는 순간(사랑의 내용이 변경된 것임. 부모의 사랑 형태에서 마치 거래하는 형태로) 수많은 갈등들이 서서히 나타나기 시작하고 이로 인해 이별이 시작되고 다시 만나고 또 이별하고 그래서 진정한 짝을 찾아간다.

남녀 간의 사랑의 결실은 아이의 탄생이지만 그 사랑의 지속은 서로에게 얼마나 많은 오랜 기간 사랑을 주는가에 달려있다.

사랑을 줄 때는 지속이 되고
사랑을 주지 않은 때는 관계가 종료되지.
이게 이별이다.

딸들아!
사랑은 주는 거야!

내가 누군가에게 사랑을 주면

신은 더 강력한 사랑을 채워주고
난 다시 사랑을 주고
신은 다시 채워준다.

감사

고마움을 표시하는 "인사".
고맙게 여기는 그런 마음이다.

매일 매일 생활하면서 감사한 일들이 있다.
–마나님이 옆에 있는 것.
–딸 셋이 함께하는 것.
–마나님이 건강한 것.
–딸 셋이 건강한 것.
–저녁에 푹 쉴 집이 있는 것.
–낮에 일하고 돌아올 가족, 집이 있는 것.
–오늘도 내가 일할 곳이 있는 것.
–내 몸이 건강하여 일을 할 수 있는 것.
–그 중의 으뜸은 내가 살아 있는 것.
–숨을 쉬고 있는 것.

생활하면서 감사할 거리를 찾아보면 참 너무나 많다.
하루에 한 번은 감사한 것에 감사를 표현하는 시간을 가져야
겠다.

어떤 사람이나 일에 대해 감사함을 표현하면

사실 내가 가슴이 뭉클 움직인다.

감사를 표현할 때
내 에너지가 순환되고 순화되어 기분이 좋아진다.
그리고 감사를 표현하는 것이 중요한 이유는 이런 행위가 나의
창조력을 회복시키고, 강화시킨다는 것이다.

"매사에 감사하라."(성경 귀절)

출퇴근 시, 등하교 버스에서 감사한 것을 찾아 감사한 마음을
표현하자.
메시지, 카톡, 전화…

감사한 마음을 표현하면 가슴이 뭉클해지고
따뜻해지고, 원래 있던 고운 습성이 살아나고
또한, 내가 살아 있음의 기쁨을 느낄 수 있고
주변에 감사한 기운을 퍼뜨려서 분위기를 확 바꾼다.

감사함을 표현하는 것은
실은 남에게도 좋은 에너지를 주는 것이지만
실제로 나 자신에게 더욱 좋은 에너지를 주게 된다.

내가 지금 숨을 쉬고 있다!
신에게, 생명의 원천인 신에게 감사를….

말

예쁜 둘째, 현정이가 어제 아빠한테 물었지!

생활하면서 말은 아주 중요한 요소다.

우리가 태어나면서 가지고 오는 창조 도구가
생각 – 말 – 행동인데
생각 – 설계도 – 건물의 설계
말 – 재료 – 건물에 필요한 철근, 시멘트…
행동 – 실천 – 건물을 짓기 시작.

오늘은 현정이가 궁금한 "말"에 대해서 이야기해보자.

생각으로 내 안의 에너지를 사용할 대상을 검색하고
그 대상이 결정되면
이제 말로서 다른 존재(사람)들과 소통하면서 그것을 실행할 최후
의 행동 계획을 결정하는 것이다.
그다음은 그 계획대로 행동하는 것이다.

"말"의 특징은

말하는 사람과 듣는 사람이 있다는 것이고
여기서 고운말과 상스러운 말의 효과가
아주 뚜렷이 나타난다.

말, 그 속성은
내가 생각하고 결정한 어떤 것을 듣는 누군가에게 전달하는 것
인데 이때 에너지가 방출된다.

곱고, 예쁘고, 부드럽고, 아름다운, 예의로운,
상대방을 배려한, 기분을 좋게 하는, 에너지를
상승시키는 "말씀(말의 높임)"은
내가 계획한 창조를 누군가가 돕게 하지.

반대로 상대방을 기분 나쁘게 하거나, 슬프게 하거나, 그 맘속에
반발심을 일으키거나, 모욕감을 주거나, 무시당하는 느낌을 주거
나, 에너지를 뚝 떨어지게 하는 "말"을 하게 되면,

상대방이 내 계획이 성공하도록 도와줄까?
방해할까?

"말"은 내 계획대로 결과가 나오도록 쓰는 거지,
그 계획을 망치려고 쓰는 게 아니거든.

"말"은 적게 하고, 듣는 습관을 길러야 해요.

왜, 아빠가 만난 99.9999%의 사람들은
자기의 "말"을 들어주기를 간절히 원한다.

"말"은 강력한 창조 도구니 잘 써야 한다.
아니면, 칼날이 되어 내 목을 겨누니까!

사람들은 자기가 쓰는 말로 자기를 망치고 있는데
잘 모르는 것 같다.
아이, 짜증나….
내가 되겠어…. 난, 역시 안돼….
특히 화날 때, 네가 쓰는 말. 잘 살펴봐.

오죽하면
불가에서 "묵언 수행"이 나왔을까?

아, 침묵은 금이다
이런 말도 있지!

말을 하기 전에
한 번 더 살펴보는 습관을 만들어야 한다.

마음

기쁘다, 슬프다, 불안하다, 행복하다, 찜찜하다, 기분이 날아갈
것 같다, 마음이 아리다, 마음이 아프다, 쟤는 마음이 끌려, 쟤
는 재수 없어, 저 사람은 불편해…

하루에도 수백 번씩 출렁이는 마음
마치 바람 부는 날
끊임없이 생겼다가 없어지는 파도의 물방울처럼….

마음은 무엇이지?
어떤 책에서는 마음이란 감정, 생각, 느낌, 기억,
모든 data의 총합이라던데
그럼 마음을 고요히, 평안하게 유지하는 방법은?
기존의 data를 싹 지워버리면 되지 않을까?
기억을 지우는 방법은
그 기억에 나올 때마다 delete key를 누른다.
즉 "꺼져!"라는 명령어를 내리면 된다.
연습을 많이 하면 "꺼져!"라는 한마디에
그 기억/data가 사라지는데(영원히 사라지려면 계속 "꺼져!"를 해야겠지.) 보
통은 기억이나 감정이 올라오면(파도의 물방울처럼) 그것에 끌려가 휘

둘리게 되지.

data를 꾸준히 지워버리면 어느 순간 환경이나 사건에서 한 발 떨어져 있는 "나"를 발견하게 되고 그때부터는 새로운 시각, 관점이 생긴다.

세상을 바라보는 눈도 변하고, 세상은 음, 양이 기본이라 즉 아침/저녁, 선/악, 흑/백, 진보/보수… 짝을 이루고 있는데, 어느 쪽에 설 것인가는 "나"의 선택이지.

아침이 좋아? 저녁이 좋아? 그저 이 정도의 차이다.

마음이 건강하고, 평안해야 생활이 순조롭게 전개된다.
마음은 편안히 먹는 데는 다희와 민희가 제일이지.
요즈음 민희가 좀 까칠하지만, 고1이라 힘들어서 그렇겠지.

마음이 혼란스러운 때는 "죽음"에 대해서 생각해봐!
다른 것이 보일테니.

마음은 스스로 자기만의 테두리 관점이고 이것은 어떤 의미에서는 감옥이지. 사고를 제한하는….

테두리를 깨면, 사고가 유연해지고, 사고가 유연해지면 자유가 생기지.
자유를 느끼기 시작하면 몸이 가벼워지고
마음이 깃털처럼 되지.

인생은 고해가 아니라 매 순간이 기적으로 변하고
오늘도 우리 다섯 명이 한가족으로 한집에 있다는 것 그것이 기
적이지.

마음을 잘 쓰면 여기가 천국이고 극락이다.
천국과 지옥은 죽은 후에 만나는 어떤 것이 아니고
지금 우리가 마음으로 체험하는 것이다.

심침

마음으로 몸에 침을 놓는 것으로,

몸에 이상한 느낌이 올 때(찌뿌둥, 아픔, 다칠 때, 온갖 통증) 눈을 감고,

숨쉬기를 10회 정도 한 후,

마음이 고요히 가라앉으면 마음의 눈으로 통증이 있는 곳을 바늘 끝처럼 한 곳을 콕 찾아내서(이것은 본인 스스로만 찾을 수 있고, 그곳이 통증의 핵심임),

마음으로 침을 놓는다.

숨을 마실 때 우주의 생명 에너지를 듬뿍 마시고

숨을 내쉴 때는 그 에너지를 마음으로 모아 통증이 있는 그곳에

"사랑해. 사랑해! 원래 모습으로 돌아와." 하면서 보내는 것이다.

한 3~4회 하면, 웬만한 통증은 즉각 사라지거나 감소하는 것을 느낄 수 있다.

(이 심침은 연습을 많이 하면 할수록 효과가 강력해진다.)

그리고 내 몸의 세포가 약 60조 개라고 하는데

그 하나하나의 세포들이 내 명령/말에는 신기하게 귀를 기울인다.

그 아픈 세포에게 "사랑"을 보내는 것!

즉 "사랑해." 하면,

그 순간 우주의 생명에너지(사랑에너지)가 즉각 나를 통하여 그 세포에 전달되므로 세포에 사랑에너지가 충전되어 고통이 없어지는 것이다.

몸의 모든 고통은 원래 없는 것이고,

주인(나)의 사랑을 원할 때만 나타나는 것이므로

주인이 "사랑해." 하면 없어지는 것이다.

이 심침을 사용하면 할수록 응용범위가 넓어지는데, 가령 현정이가 학교에서 어디가 아프다고 아빠한테 전화하면, 그래. 눈을 감고 아픈 곳을 찾아봐.

찾았으면 숨을 마시고 내쉬면서 "사랑해. 원래 모습으로 돌아가." 하면서 에너지를 그곳에 보내라고 하고

이때 나도 같이 숨을 마시고 내쉬면서

현정이에게 사랑의 에너지를 보내게 되면 그 효과가 훨씬 강력해진다.

일종의 원격 사랑 보내기다.

또 민희가 얼굴에 여드름 때문에 아프다고 할 때도

이 방법 그대로 하면 되는 거고

다희가 다이어트 할 때

이 방법으로 위장(위장에서 몸의 살을 관리하니까)에 사랑의 에너지를 보내면

위장이 더욱 건강해져서 스스로의 할 일을 제대로 하게 되면 지나친 살을 만들지도 않고, 기존의 살도 분해해서 오줌과 똥으로 배출하겠지.

사람들은 매일 이 마음으로 사랑의 에너지를 사용하고 있으면서도, 특히 엄마가 아이들한테, 더 확장해서 고통을 없애고 건강을 위한 것으로는 쓰지를 않는 거 같다.

에이, 그게 되겠어.
약을 먹어야지. 병원에 가야지….
스스로 자기 마음의 능력을 부정하거나
작게 설정하는 것이다.

마음은 쓰면 쓸수록 더 많이 채워지고 강력해진다.
왜? 그것이 우주의 원리이니까?

딸들아!

너의 마음을 사용해!
너의 마음으로 사랑을 표현해 봐라.

엄마, 아빠에게, 자매에게, 친구들에게
도와주고 싶은 주위 사람들에게
마음으로 사랑을 주는 거야!

아마 그것이 우리가 신의 일부라는 것을 느낄 수 있는 기회가
될 것이다.

줘도 줘도 마르지 않고
주면 줄수록 더욱 강력히
충분히 채워지고 가슴이 따뜻해지고
기분이 좋아지고, 뭔가 한 것 같은 뿌듯함이 생긴다.

심침의 진짜 모습은
사랑의 침, 사랑 에너지의 표현이라고 할 수 있다.

너희의 삶을,
풍요롭게, 행복하게, 재밌게 하는 길이 여기 있으니 연습을 아주
많이 해서 잘 활용하기를 바란다.

스트레스 확 날리기

둘째, 현정아 잘 봐라.

생활하다 보면, 가족끼리, 회사에서, 친구사이에서… 수많은 원
인과 이유로 스트레스를 받게 되는데
어떤 때는 열도 받고, 뒷목도 **뻣뻣해지고,**
화도 나고… 몸이 스트레스를 나타내지.

1. 스트레스 생성원인,
살아 있으니까! 죽으면, 스트레스 없음.
2. 스트레스 입력 방법
스트레스가 발생하면,
찰나(부지불식간)에 그 데이터를
내가 내 속으로 입력을 하는데
이 입력이 나도 모르게 저절로 일어난다는 것이지.

그래서 사람들은 모두 스트레스의 탓을 남에게 돌리지.
아냐, 아냐, 노, 노.
그 상황에 개입된 어떤 사람이 있어도(상사든, 부모든, 자식이든, 친구
든, 돈이든)

그 데이터를 내가 "스트레스"라고 못을(이름 붙여서) 박아 입력하기 때문에 스트레스가 찰나에 생성(창조)된 것이다.

3. 스트레스 확 날리기

숨쉬기를 10번 정도 하고 나서
고요해지면 그 상황을 잘 살펴봐.
살펴보는 것만으로도 한 90% 날아간다.
그래도 남은 게 있으면 고요한 상태에서 스트레스를 불러내서 명령해 "야, 꺼져" "야, 없어져"
꺼질 때까지 잘 살펴봐.
꺼지는 것을 느낄 수 있을 것이다.
스트레스도 물질이어서 없어지는 게 느껴지고
없어지면, 가벼워지고 개운해지는 것을 느낄 수 있다.

4. 스트레스 원천 박멸

그런 상황이 일어나서 그런 데이터가 발생하면
한 귀로 들어와서 즉시 한 귀로 나가도록 하면 된다. 슥~ 들어오면, 슥~ 나가지.
왜? 내가 붙잡지 않으니까.

스트레스가 쌓이면, 점점 물질화(고착화)되어서
어깨도 결리고 소화도 안 되고
아마 암도 여기서부터 시작될 것이다.

5. 아예 스트레스가
내 근처에 얼씬도 못 하게 하는 방법으로
내가 죽었다고 생각하면 된다. 그냥 죽었어.
에고가 죽는 거지, 내 본질이야 죽겠어.
매일 죽는 연습을 해봐. 죽었다고 생각하는 것이지.
모든 근심과 염려가 정말 우스울 것이다.

죽자, 죽자 매순간,
거기에 자유가 있으니!!!

행복하기

둘째 현정아 잘 봐라.

현정아, 행복하게 살고 싶지?
행복하게 살려면,
지금 즉시 숨쉬기를 10번 정도 하고
고요하고 평안한 상태로 들어가 봐.
그때 느낌이 행복이야.

근데, 조금 있으면 다른 생각이 올라올걸
에이 월급도 넉넉지 않고
직장에서는 짜증나는 일도 많고
우리 집이 돈도 없어 월세 살고
아빠가 아직도 돈도 제대로 못 벌고
내 몸도 미스코리아 정도의 미모도 아니고
아주 날씬하지도 않고
내가 뭐 공부를 많이 한 것도 아니고….

별의별 행복하지 않은 이유가
맘속에서 계속 치고 나올 거야?
그렇게 치고 나오는 이유들을

숨쉬기를 계속해서 하나씩 없애버려야!
"행복"해지는 거야.

누가 만들어? 네가!!!

집에 돈이 많아야 행복해진다.
월급도 많이 받고
직장 상사도 좋은 사람이어야 행복해진다.
남친도 잘 풀려야 행복해진다.

이러저러한 이유나 조건들을 만들지 말고
지금 네가 가지고 있는 것 가운데
건강하고, 직장도 있고, 남친도 있고
잘 집도 있고, 엄마 아빠도 있고
언니와 동생도 있다는 것을 잘 느껴봐.
부모님과 언니 동생이
널 아끼고 사랑하는 것도 느껴보고
남친이 널 사랑하는 것도 느껴봐라.

행복하기, 행복한 생활
앞으로의 행복은
네 마음 먹기에 달린거야.

밖에서 찾지 말고, 네 안에서 찾아야 한다.

머리와 가슴

머리는
뭔가 생각할 때 많이 돌아간다.
특히 이익을 계산할 때 그렇다.
머리 굴리는 소리가 자갈 소리만큼 난다고 하는 것은 아주 계산
적인 사람한테 쓰는 말이다.
머리는 기본적으로 자기 보존 능력이 뛰어난
에고가 사용하는 자리며
발생적으로 이기적이 될 수밖에 없는 자리다.

가슴은
뭔가를 느낄 때 주로 쓰인다.
누군가 잘못된 일을 보고, 가슴이 아프다고 하니까.
느낌은 영혼의(본래의 나?) 언어라고 하니
느낌을 잘 살펴보는 것이
내 영혼의 소리를 듣는 것과 같지 않을까?

사랑은
머리로 하는 사랑은 계산적일 수밖에 없으니
이익이 사라지면 사랑도 사라진다.

가슴으로 하는 사랑은(첫눈에 뿅 갔다.)
가슴으로 느낀 것이 바탕이 된 사랑이니
어떤 과정이 일어나도
그 사랑이 지속될 가능성이 아주 높다.

딸들아,
머리와 가슴, 어디를 더 사용해야
너희들의 삶이 보다 편안하고
행복하고, 더 풍요로울까?

잘 생각해보고
느껴볼 일이지.

용서하기/받기

사람과 함께 생활하면서 사소한 잘못(실수)이라도 전혀 안 한다는
것은 거의 불가능하지.
즉, 잘못된 말이나 행동, 실수들을 하면서 살아간다.

문제는 그 실수(잘못)를 어떻게 처리하는가가 매우 중요하다.

1. 용서하기 – 누군가가 나에게 잘못했을 때
2. 용서받기 – 내가 누군가에게 잘못했을 때

용서하기/받기는 주체는 나이고
어떤 경우는 상대방은 전혀 생각도 못 한다.

왜, 중요한가?
그 행동에 묶여있는 나의 에너지를 풀어야 하기 때문이다.
기분이 꿀꿀하거나, 마음이 찜찜하거나, 괘씸하게 느끼거나, 섭
섭하게 생각하거나…
모두, 내 마음 에너지가 묶여있어서
나를 불편하게 한다.

어떻게 하는가?

1. 눈을 감고 숨쉬기를 10회 정도 하고
   고요한 상태에 도달하면
2. 그 일과 사람을 떠올리고
3. 마음속으로
   용서받기 – "죄송합니다." "용서를 바랍니다."를
                    계속 말하면 된다.
   용서하기 – "나는 너를, 그 일을 이미 용서했다"
                    "괜찮아. 사랑해"

어느 순간 마음이 편해진 것을 느낄 수 있다.
또 생각나면, 또 하고

그 일이 다시 떠오르지 않을 때까지 계속 용서한다.

용서하고, 용서받으면
내가 편해지지.

누구를 위하여?

"나"를 위해서 하는 거다!!!

감사하기 | 에너지 충전

일상생활을 하면서, 감사한 일은 많은데
감사를 표현하지 못하고 습관적으로 산다.

1. 감사, 왜? 누구를 위해?
감사한 일들이야 참 많다.
근데, 왜? 감사함을 표현해야 할까?
엄마, 감사합니다.
아빠, 감사합니다.
부모님이야, 감사할 꺼리가 늘 차고 넘친다.
눈시울도 살짝 촉촉해지고.
아, 오늘은 더 어머니와 아버지가 보고 싶구먼.
그 따뜻함!!!

딸들아, 엄마, 아빠 있을 때, 즐거운
행복한 시간 많이 함께 해라! 떠나면
참… 그리울 때가 많단다.

딸들이 건강한 것도, 착한 것도…. 감사한 일이고
오늘도 건강한 것도, 감사한 일이고

지금 숨을 쉬고 있다는 것도, 감사한 일이고
오늘처럼 맑고, 햇빛 찬란한 날씨도, 감사한 일이고
먹을 양식도 언제나 집에 그득한 것도, 감사한 일이고
오늘도 출근할 직장이 있다는 것도, 감사한 일이고
지금 이 순간 나와 함께하는 친구들, 직장 동료, 이웃이 있다는
것도, 감사한 일이다.

감사함을 나타내면(표시하면)
내 안의 에너지가
순간적으로 충만함과 따뜻함으로 변한다.

감사함을 받는 상대방도, 에너지가 변한다.

2. 언제 감사함을 나타내는 것이 좋을까?
– 매순간
–아침에 눈을 떠서 숨 쉬는 것을 느낄 때
–음식이 눈앞에 있을 때
–기분 전환이 필요할 때
–좌절감을 느낄 때
–누군가의 응원이 필요할 때
–짜증이 날 때
–내 안의 행운을 부를 때
–늘, 언제나

3. 하루에 감사함을 3번 이상 표현한다면….
단언컨대, 딸들이 원하는 일들이 이루어질
확률이 최소 100%는 증가 된다.

딸들아, 감사함을 잘 활용해서
행복하고, 풍요롭고, 신나는 나날을 만들거라!!!

생활의 문제들과 해결책

산다는 것은
어쩌면 계속되는 문제들과 마주치는 과정이고
그 해결책들을 찾는 과정이 아닌가 한다.

물론 너희들의 의식 수준이 진화되어서
삶의 문제들을 문제로 보지 않고
그냥 놀잇거리로 본다면 이야기가 달라지겠지.

1. 생활(삶) 문제들
   －돈의 부족함(아마 이 문제로 인한 다툼이 제일 많을걸!)
   －사랑싸움(남자와 여자 사이에)
   －직장 취업, 해고, 명퇴, 퇴직….
   －질병들(모든 사람들이 이 문제와 씨름 중이지.)
   －죽음(누구나 죽는데, 왜 두려울까?)
   －사람과 사람 사이의 다툼들….
   －돈 문제나 자존심 싸움, 체면….

2. 해결책은 어디에?
   그것은 바로 네 안에 있다.

만일 "밖"에서,
네 눈에 비친 세상에서 해결책을 찾으려고 하면
못 찾을 것이다.

혹, 네가 해결책을 찾았다고 한숨 쉬고 있으면
그 문제는 모습을 약간 변경해서
네 눈앞에 짠!!!하고 나타날 것이다.

근본적인 해결책은 네 안에 있다.
해결책은 내면에서 찾으세요.

어떻게?

숨쉬기를 한 10번 정도 하고
편안해지고, 고요해지면
"해결책은 무엇일까?"
자신에게 물어본다.

"해결책"은 "아하!!!" 하고 짠~나타날 것이다.

연습하면, 즉각 답이 나오지.

생각이 이리저리 마실 다니면,
다시 숨쉬기부터 해보자.

긍정과 부정적 마음가짐

딸들아,

어떤 일을 대하는 너희들의 태도가
긍정적인지, 부정적인지 잘 살펴보는 습관을 만들어야 한단다.

재미있는 것은
긍정과 부정, 둘 중에 하나밖에 선택할 수밖에 없다.

어떤 것?

더 탁월한 마음가짐은
긍정과 부정의 뿌리를 보는 것이다.

만약에
긍정을 "+", 양에너지
부정을 "−", 음에너지로 본다면
음과 양을 모두 포괄한 것이다.

그 지점의 마음가짐을 선택하면

고요함

평화

자유

생명력…. 늘 너와 함께하지.

변화 | 바꾸기

딸들아,

생활하면서
어떤 옷이 마음에 들지 않거나
신발이 색상이 변했거나
쓰던 매니큐어 색상이 더 이상 당기지 않거나
새로 산 가방이 몇 달 지나니, 별로거나

처음에 가졌던 마음이 변하면,
그것에 더 이상 마음이 안 가지?

그럼, 평소의 너희 생각들, 마음들
월급 수준
사는 집
너희 방
너희 책상….
그것이 너희들의 마음에 안 들면, 어떻게 하지?

돈이 없으니까 그냥 써야지.

아빠가 바꾸어 줄 때까지 기다려야지.
지금은 할 수 없어 돈이 없으니
직장도 별로지만, 뭐할 수 있어? 그냥 다녀야지….

그냥, 바꿔!!!

바꾸는 것, 변화의 시작은
네 생각을 바꾸는 거다.
이번 기회에 바꿔야지!!!

변화는 너의 "한 생각"에서 시작된다.

일심, 초지일관

일심, 초지일관으로 바라는 것을
선택하는 것이 중요하고, 내가 기쁜 것, 즐거운 것, 하려는 일을
성취하는 과정은 아주 간단하다.
한번 마음먹은 것이 이루어질 때까지, 계속하면 된다.

일심; 한마음
초지일관; 처음 마음먹은 것을 계속 지켜나간다.

1. 마음먹을 때는
   이것저것 자기 마음을 살펴보고
   진정으로 바라는 것을 선택하는 것이 중요하고
   내가 기쁜 것, 즐거운 것을
   최종적으로 간단하게 확정하는 것이 중요하다.

2. 최종적으로 하기로 한 것이 결정되었으면
   중간에 마음 바뀌지 말고
   그대로 밀고 나가면 된다.
   스스로 자기가 핑계를 만들어
   흐지부지 만들지 마라.

쉬운 것부터 연습해보고
한 번 이루고
다시 또 한 가지 하고
또 이루고
다시 또 한 가지 하고….

이게 사는 거야. 내 맘대로….

생각과 느낌

어떤 일을 원하거나, 무언가를 갖고 싶거나
하여튼 생활에서 무언가를 이루고자 한다면
이리저리 잘 살펴야 한다.

생각이 나중에 바뀌지 않도록
한 가지 생각을 명확하게 한다.

그 생각을 24시간 하면 되는데
그 생각을 하면
네 안에서 올라오는 느낌이 기분이 좋아지는지
얼마나 좋아지는지 잘 살펴봐야 한다.

기분이 강렬하게 좋으면
계속 생각하기 쉽고
계속 생각할 수 있고, 결국은 이루어지지.

기분이 그냥 그러면
계속 생각할 수가 없으므로
생각이 바뀌게 되고, 그 일은 흐지부지되는 것이다.

핵심은

한 가지 생각을 이루어질 때까지 계속하는 것이고

그 생각을 할 때의 너의 느낌을 느끼는 것이다.

그 느낌이 전파가 되어 하늘(우주, 신)에 전달되고

그 에너지에 맞는 에너지를 끌어모아서

그것이 현실에 짠하고 나타나지!!!

이런 과정의 연속이

우리 생활이고 인생이다.

03

몸을 건강하게

육체적 건강

요새는 건강에 관한 정보가 홍수 상태라
어떤 것을 따라야 할지, 기준으로 삼아야 할지
혼란스러운 것 같다.

내가 경험하고 느낀 것으로 정리하면

1. 숨쉬기를 제대로 하기
2. 음식을 내 몸에 맞게
3. 적당한 일과 운동
4. 몸에 이상한 느낌이 오는 초기에 바로잡기

이 세상은 몸 없이는 존재할 수 없으니
몸 건강이 소중하다.

사람들은 건강할 때는 모르고 살다가
건강하지 않을 때, 그 소중함을 깨닫는데
너희들은 그러지 않기를….

어디가 아프거나, 불편할 때는

네 몸이 너(주인)에게 자기 좀 봐달라고
사랑해달라고 하는 것이니
그냥 불편한 곳을 따뜻하게 쓰다듬어 줘라.
아마 90%는 나아질 거야.

하루하루 건강하기를!

다이어트

우리 집 마나님과 세 딸들에게 아주 필요한 내용이네.

요즈음은
다이어트가 모든 여성의 주요 관심사이면서
심지어 남자들도 다이어트를 하는 세상이다.

왜?

여자는 날씬한 허리와 다리를 만들어 보다 예뻐지려고
남자는 더 멋있게 보이려고 또한 건강을 위하여.

다이어트의 핵심은
늘어난 살과 지방을 제거하여
정상으로 만드는 것인데
살은 우리 몸의 오장육부 중에서 비장(췌장)과 위장(오행으로 土에 속
함)이 담당하고 있는데
이것의 기능이 비정상일 때 몸에 살이 늘어나기 시작한다.

따라서 비/위장의 기능을 정상으로 만들려면

비/위장을 영양하는 단맛의 음식을 먹어야 한다.

그중에서도 꿀, 단맛의 음식, 과일이 좋다.

지방의 생성 억제와 해체에는
매운맛의 음식이 좋은데
매운맛의 음식은 폐/대장(오행의 金)에 영향을 주고
폐/대장은 우리 몸의 피부도 담당하니
매운맛의 음식을 섭취하면
피부도 탱탱해지고 매끄러운 상태가 된다.

따라서 다이어트 음식을 선택할 때는
단맛+매운맛의 음식을 집중적으로 섭취해야 한다.

1. 꿀 2kg
2. 생강 1kg
3. 마늘 1kg
4. 계피 50g
5. 대추 1kg

이것을 큰 통에 담아 푹 끓인 다음 반쯤으로 줄이고 식혀서 생수통에 담아서 냉장고에 보관했다가 매 식사 전 맥주컵 2/3쯤 뜨겁게 데워 후후 불면서 먹으면(식사 1시간 전) 다이어트에 도움이 된다.

우선 식사량이 대폭 줄어야 하는데
매 식사 1시간 전에 이 다이어트 음료를 먹으면
이미 몸에 필요한 에너지가 보충되어
입맛이 뚝 떨어져 과식할 필요를 못 느끼게 된다.

그리고 다이어트뿐 아니라
건강을 위해서도 소식이 필요한데
소식을 위해서는
몸이 음식을 통해서 필요한 에너지를
충분히 섭취할 수 있도록 꼭꼭 씹어
그 음식의 맛을 충분히 느끼고 만끽하는 것이
아주 좋은 습관이다.

입에서 맛을 충분히 느끼지 못하기 때문에
몸은 계속 먹으라고 신호를 보내는 것이다.

또한, 다이어트 숨쉬기는
마시는 숨을 1로 하면, 내쉬는 숨을 2로 하여(마시거나 내쉬는 시간의
비율) 내쉬는 숨을 길게 하면 몸의 양에너지가 증가하여 몸속의
노폐물이나 필요하지 않은 살, 지방들을 많이 배출하기 때문에(
오줌과 똥으로) 점점 날씬해진다.

음식과 함께 숨쉬기를 병행하면
다이어트 효과도 빠르고 건강에도 많은 도움이 된다.

배에 살이 찌고 기름기가 많아지는 것은
배 속의 온도가 차가워서
몸이 스스로 보온하려 만드는 것이니
찬 음식은 피하고 더운 음식을 먹어줘야 하며
꾸준히 운동해서 뱃속을 따뜻하게 해줘야 한다.
뱃살이 더 이상 생기지 않으니….

그래도 다이어트의 시작과 끝은
"나"의 마음이다.

아이를 건강하게 키우기

이 글을 쓰려니 다희, 현정, 민희가 어릴 때 생각이 난다. 태어나서 처음 한 8, 9개월일 때가, 아이들은 제일 예쁘고, 사랑스럽고, 신비한 것 같다.

엄마들은 젖주랴, 기저귀 갈아 주랴, 목욕시키랴 아주 바쁘고 힘든 시기일 수도 있지만, 아빠들은 아침에 나갔다가 저녁에 들어와서 잠깐씩 보게 되니 더 신비롭게 느껴진다.

나와 마나님 둘만 있다가 첫째가 태어나면, 식구가 셋이 되거든. 이게 기적이 일어난 건데, 그때는 그것을 기적이라고 생각하지 못한 것 같다.

그래도 누워서 방긋방긋 한번 웃어 주면 정말 온몸이 행복을 느끼는 순간들이었다.

시간이 하루 이틀 지나다 보면, 새 식구가 생긴 것이 당연히 느껴지기 시작하고, 좀 습관화되면서 감격 정도가 나날이 떨어지지만, 그러다가 아이가 아프기라도 하면, 정신이 혼미해지고, 별별 생각이 다 든다.

다희가 서너 살 때 일요일이었는데 갑자기 아파서 큰아버지 차를 불러서 능곡에서 서부역 병원을 찾아갔다가 올 때는 많이 놀랐다.

이때는 아빠가 몸 고치는 방법을 배우기 전이라 더 놀랐었다.

아빠가 선생님께, 몸을 고치는 법을 전수받은 이후로는 세 명 모두 이런 급박한 상황이 한 번도 없었다.

이것만으로도 선생님께 배운 수업료는 되었을 것이다.

보통 아이들을 키울 때는

아이가 아프지 않게 하는 방법을 부모들이 잘 신경을 쓰지 않고 있다가 아이가 갑자기 아프면 혼비백산이 된다.

그래서 오늘은, 아이가 아프지 않고 건강하게 자라는 방법을 알려 주려고 한다.

답은 사랑을 매일, 꾸준히 주면 된다.

아이들은 배가 고프거나, 똥 오줌싸서 불편할 때, 몸이 불편할 때 응애응애 울지. 자기를 보살펴달라고 울음으로 말하는 것이다.

이런 것도 사실은 자기에게 사랑을 달라는 신호야.

사랑도 일종의 에너지인데

아이를 건강하게 하는 핵심 에너지다.

사랑에너지를 아이에게 충분히 채워주는 방법은

아이가 잘 때 아니면
가슴으로 안고 있을 때, 업고 있을 때
먼저 숨쉬기를 10회 이상해서 내가(아빠든. 엄마든), 고요하고 평온
한 상태에 이른 후,

아이를 보면서
숨을 마시고 −우주의 사랑에너지를 온몸에 채우고
내쉬면서 −우주의 사랑 에너지를 아이에게 보내는 거다.
사랑해, 사랑해, 사랑해 하고 맘속으로 이야기하면서 아이에게
보내면 된다.

사랑에너지가 전달되었는지 어떻게 아느냐고?
아이가 자면서 방긋방긋 웃어줘. 고맙다고.
이 법은 아이가 잠들었을 때 하는 것이 제일 좋아.

이 사랑 주기를 매일 한 번 이상하면 아이는 건강하게 밝게 무
럭무럭 자랄 거다.

이 방법은 아이뿐 아니라
초등학생 때부터 어른까지 모두 적용된다.

지금도 아빠가 가끔 현정이 잘 때
이렇게 하면 얼굴에 웃음이 살며시 나오지.

사랑을 주는 사람도 건강해진다는 게
이 방법의 좋은 점이다.

사랑을 주면
더 많은 사랑이 채워진다.

우주에서!!!

아이들의 아토피성 피부병은…

큰딸 다희야 잘 봐라!

어린아이들의 아토피성 피부병은
가렵고, 긁고, 진물이 나고 힘들어한다.
아이 몸의 자체 면역력이 떨어졌고
특히 폐와 대장의 에너지가 약화되어서 생긴다.

그렇다면 어떻게 회복시키고 건강하게 만들까?
1. '아이들을 건강하게 키우기'에 나온 방법을 사용한다.(사랑에너
　지 충전하기)

2. 가려운 곳에다가
　가. 양파를 믹서기로 갈아서
　나. 흰 거즈 손수건에
　　　양파 간 것을 한 숟가락 올려서 돌돌 말고
　다. 가려운 부위에,
　　　양파즙이 묻도록 살살 문질러 준다.
　　　한 번 문질러 주고 그 즙이 마르면
　　　다시 발라주고 3~4회 반복한다.

라. 아이가 가렵다고 할 때 즉시 해주고
　　자기 전에 한 번 더 해 주면,
　　다음날 아침에 눈에 띄게 좋아집니다.

3. 음식은
　　매운 음식을 먹이도록. 혹시 아이가 매운 것을 좋아하면, 그
　　강도를 더 세게 한다.
　　생강차, 수정과 아주 좋음.

4. 뿌리를 없애려면
　　매운 음식을 먹이면서
　　요구르트 2~3개를 따뜻하게 데워서
　　아침, 점심, 저녁,
　　식사하기 30분 전에 먹도록 하면 된다.

이 일은 엄마의 정성이 필요한 일이다.
결국, 엄마의 정성이 아이를 건강하게 하는 것이다.

그래도 아파서 안쓰러운 것보다는
이 일을 하는 것이 좋겠지.

오줌싸게

아이들이 오줌을 싸서 이불을 흥건히 적셔놓으면
엄마의 기분이 어떨까?
한두 번도 아니고 자주 그러면?

예전에는 키를 쓰고 옆집에 가서
소금을 받아 오라고 했는데….

오줌을 싸는 것은 근육의 기능이 떨어져서(간),
자기도 모르게 오줌이 나오는 것이다.

아이에게 신맛나는 음료나 반찬을 많이 먹이면 된다.
현정이는 레모나 한 두통 먹었는데 효과가 좋았다.
레모나는 신맛이 강하지.

오줌싸는 아이들은 신 것을 좋아해
좀 더 강하게 먹이면 되고
레모나가 비싸면, 요즈음은 별별 식초가 많으니
그중에서 하나 먹이면 되겠지.
매실도 좋고, 감식초도 좋다.

생리통

둘째야, 잘 봐라.

생리통으로 고생하는 여성들이 점점 많아지는 것 같은데 둘째는
예전보다 좋아졌지만 그래도 혹시 생기면 이렇게 해.

1. 생리통은 왜 생기나? 아랫배가 차서

2. 어떻게 정리·정돈하나?
　　가. 숨쉬기를 하고 마음을 고르게 하고
　　　　"심침"에 소개한 대로
　　　　사랑에너지를 통증이 나오는 바로 그곳에
　　　　충분히 보내면 되지.
　　　　이거 제대로 하면, 한방에 통증이 없어진다.
　　　　아주 신기한 방법이다.
　　나. 그래도 아프면,
　　　　굵은 소금을 입에 한 수저 넣고
　　　　우르르 우르르 녹여서
　　　　한 1분만 머금고 있어봐. 조금 삼켜도 좋다.
　　다. 아픈 부위에 보온해 줘야

통증이 사라집니다.

수건을 대고 다리미로 다리는 것도 좋다.

3. 뿌리를 뽑으려면,

숨쉬기를 하루에 10회씩 최소 3회 이상

아침–눈뜨면, 누워서 숨쉬기 10번 정도

점심–식사 전이든 후든 다시 10번 정도

저녁–씻은 후 잠들기 위해 누운 후,

잠들기 전에 10회 숨쉬기하다가 잠들면 아주 좋다.

아침에 상쾌하고 충전이 잘된다.

변비

먹는 것도 중요하지만, 내보내는 것도 중요하다.
우리 몸에서 내보는 것은 대변, 소변, 땀
그중에서 대변이 쉽게 배출되지 않는 것이 변비다.
화장실 가서 5분 넘기면
일단 상태가 그리 좋은 것은 아니다.

1. 평상시에 물을 많이 먹을 것.
2. 요구르트 3~4개를 따뜻하게 데워서
   식전 30분쯤 먹을 것.
3. 음식을 신맛, 고소한 맛 나는 것을 많이 섭취할 것.
   오렌지 쥬스, 귤, 사과, 신김치, 레모나, 닭고기, 땅콩….

한 일주일 정도 먹을 면, 많이 좋아지고
그 후에도 꾸준히 섭취해야 재발하지 않는다.

감기는 | 목감기

목이 아픈 감기는 민희와 다희가
자주 걸리는 감기 종류지.

감기는 왜 오나?
몸의 에너지가 떨어져서.
즉 피곤해서 들어오는
감기 바이러스를 몸이 스스로 물리치지 못할 때
감기에 걸리지.

목이 아픈 감기는 왜?
오장육부 중에서
간장과 담낭(쓸개)의 기능이 떨어지기 때문이다.
감기가 들었을 때 목이 아픈 증상으로 나타난다.

이런 증상이 올 때는
반드시 초기에 잡아야 고생을 하지 않고
곧바로 정상이 된다.

1. 숨쉬기 10회

2. 신맛나는 음료나 과일, 반찬을 많이 먹는다.
   가. 음료 - 비타 500, 오렌지 쥬스, 사이다
      약국에서 파는 레모나는
      한 번에 가능한 많이 털어 넣고
      침으로 살살 녹여서 먹어야 효과가 좋다.
   나. 반찬: 부추, 신김치….
   다. 과일: 딸기, 오렌지, 귤….

감기는
약 먹으면 2주일
약 안 먹으면 15일 가면 낫는다고 하는 말이 있어요.
즉, 아직 약이 없다는 뜻이다.

위의 방법으로 감기에서 자유롭기를….

감기는 | 기침(콧물)감기

셋째 민희가 요새 기침 감기로 고생이 많다. 거기에서 빠져나오는 방법을 알려주니 어서 건강해지거라!

1. 감기는 왜 온다고?
   주변에 널려있는 감기 바이러스(세균)를 내 몸이 이기지 못할 때, 감기에 딱 걸리는 거다.

2. 어떤 때 감기가 올까?
   내 에너지(기운)의 수준이 떨어질 때
   왜 떨어져? 피곤해서, 몸을 무리해서 사용할 때

3. 어떻게 하면 감기가 떨어져 나갈까?
   에너지 수준을 올리면 된다.

4. 어떻게 에너지 수준을 올릴 수 있지?
   가장 중요한 순서대로 적어보면
    가. 숨쉬기
    나. 잠자기
    다. 테이프 네 곳에 붙이기

라. 알맞은 음식 먹기

5. 감기 중에서 기침 감기는 왜 올까?
   몸의 오장육부 중에서 폐와 대장의 기운이 떨어지면, 기침,
   콧물감기가 온다.

6. 이에 알맞은 음식은?
   가. 매운맛, 화한 맛, 비린내 나는 음식, 음료
   나. 매운맛
      −청양고추, 마늘, 생강, 생강차, 매운 찌개들,
   다. 화한 맛 −배, 박하사탕….
   라. 비린내 나는 맛(회 종류)
      민희가 좋아하는 거네

위의 방법 중에서
민희가 맘에 드는 거를 골라서 집중적으로 하고
숨쉬기도 하고
마침 토요일이니 한 25시간 잠도 자고
생강차도 마시고

내일은 감기 탈출하자!

엄마가 네 감기로 걱정이 많다.

옆머리 두통

옆머리가 아픈 두통에 대해서…

통증은 왜 오지? 그곳이 차가워서다.
−혈액 순환이 안 되면 체온이 떨어지고 차갑다.
일단 털모자를 써서 따뜻하게 하면 통증이 없어진다.
아니면 연속극에 나오듯이
머리에 질끈 머리띠를 묶는 방법도 있다.

왜, 옆머리 부분?
간장의 기능이 약화되어서.
신맛나는 음식, 음료를 두통이 없어질 때까지 먹는다.
오렌지 주스, 레모나, 귤, 사과….
식전 30분 전에 먹는 것이 좋다.

그리고 온도를 올리고
이불 덮고 푹 자는 것이 좋다.

몸이 아플 때는 무조건 "쉰다".

앞이마 두통

앞이마가 아픈 두통에 대해서.

통증은 왜 오지? 그곳이 차가워서다.
–혈액 순환이 안 되면 체온이 떨어지고 차갑다.
일단 털모자를 써서 따뜻하게 하면, 통증이 없어진다.
아니면 연속극에 나오듯이
머리에 질끈 머리띠를 묶는 방법도 있다.

왜, 앞이마 부분?
위장의 기능이 약화되어서.
꿀물을 아주 뜨겁게 해서 후후 불면서 마셔.
언제까지 두통이 없어질 때까지.
식전 30분 전에 먹는 것이 좋지.

그리고 온도를 팍 올리고
이불 덮고 푹 자는 것이 뿌리를 없애는 거지.

몸이 아플 때는 무조건 "쉰다."

양 눈썹 끝 부분, 또는 눈썹 부위 두통

통증은 왜 오지? 그곳이 차가워서다.
−혈액 순환이 안 되면 체온이 떨어지고 차갑다.
일단 털모자를 써서 따뜻하게 하면 통증이 없어진다.
아니면 연속극에 나오듯이
머리에 질끈 머리띠를 묶는 방법도 있다.

왜, 양 눈썹 끝 부분, 또는 눈썹 부위 부분?
에너지 순환 기능이 약화되어서 그렇다.

요구르트 3~4개를 아주 뜨겁게 해서
후후 불면서 두통이 없어질 때까지 마신다.
식전 30분 전에 먹는 것이 좋지

그리고 온도를 올리고
이불 덮고 푹 자는 것이 좋다.

몸이 아플 때는 무조건 "쉰다".

뒷목이 뻣뻣한 후두통

통증은 왜 오지? 그곳이 차가워서다.
혈액 순환이 안 되면 체온이 떨어지고 차갑다.

일단 털모자를 써서 따뜻하게 하면, 통증이 없어진다.

왜, 뒷목이 뻣뻣한 후두통?
방광의 기능이 약화되어서다.

굵은 소금을 한 스푼(티스푼)을 입에 넣고
후루룩 완전히 녹을 때까지
다 녹으면, 입에 물고 한 30초 있어봐.
음식을 좀 짭짤하게 먹고

그리고 온도를 팍 올리고
이불 덥고 푹 자는 것이 뿌리를 없애는 거다.

몸이 아플 때는 무조건 "쉰다."

e-테이프 사용법1(에너지 테이프)

우리 몸과 마음은
음과 양의 에너지 조합으로 구성되어 있다.

몸은 배꼽을 기준으로
아래 하체 부분은 음
위의 상체 부분은 양
왼쪽 부분은 음
오른쪽 부분은 양.

이렇게 4부분으로 구분할 수 있고, 그중에서 위, 아래 두 부분
이 현재의 몸 상태를 판단하는 데 기준이 된다.

가령, 음의 에너지가 강하면, 하체 부분으로 에너지가 더 간다는
뜻이니, 체중이 늘고, 양의 에너지가 강하면 상체 부분으로 에너
지가 더 가게 되니, 체중이 감소한다.

1. 음과 양의 에너지를 측정하는 방법은
   음 −손목의 안쪽 상단에 맥박이 뛰니,
       그것으로 측정하고, 왼쪽과 오른쪽 두 군데

양 —목덜미의 좌·우 양쪽에 맥박이 뛰니
　　그곳으로 측정한다. 왼쪽과 오른쪽 두 군데.
　　모두 네 군데에서 맥박의 크기를 측정하여
　　가장 큰 곳을 찾아낸다.

2. e—테이프를 붙이는 장소는 보통 "혈자리"라고 한다.
① 양에너지 자리—좌, 우의 합곡자리
　　엄지와 검지의 뼈가 만나는 곳에서 밑으로 눌러 보면 쏙 들
　　어가는 부분(상당히 넓은 부분).
② 음에너지 부분— 좌, 우의 태충자리
　　엄지 발가락뼈와 둘째 발가락뼈가,
　　만나는 곳에서, 밑으로 눌러 보면
　　쏙 들어가는 부분. 상당히 넓다.

3. e—테이프 붙이는 방법
음과 양에너지를 측정하면 네 가지 경우가 나오는 데
① 왼쪽 양에너지가 가장 큰 경우(왼쪽 목 부분)
　　왼쪽 손의 합곡 ⇨ 오른쪽 손의 합곡 ⇨ 오른쪽 발의 태충
　　⇨ 왼쪽 발의 태충
② 오른쪽 양에너지가 가장 큰 경우(오른쪽 목 부분)
　　오른쪽 손의 합곡 ⇨ 왼쪽 손의 합곡 ⇨ 왼쪽 발의 태충 ⇨
　　오른쪽 발의 태충
③ 왼쪽 음에너지가 큰 경우(왼쪽 손목 부분)

왼쪽 발의 태충 ⇨ 오른쪽 발의 태충 ⇨ 오른쪽 손의 합곡 ⇨ 왼쪽 손의 합곡

④ 오른쪽 음에너지가 큰 경우(오른쪽 손목 부분)

오른쪽 발의 태충 ⇨ 왼쪽 발의 태충 ⇨ 왼쪽 손의 합곡 ⇨ 오른쪽 손의 합곡(손-손-발-발, 발-발-손-손으로 원을 그리는 방향으로 붙이면 된다.)

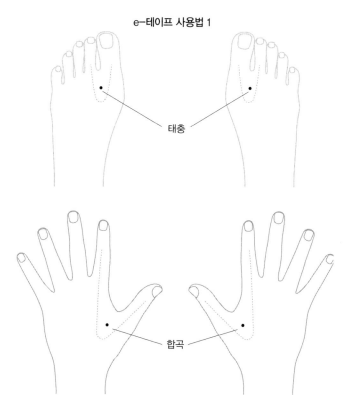

e-테이프 사용법 1

155

4. e-테이프의 효과

다희, 현정, 민희 모두 이 간단한 테이프로 건강하게 자랐으니,
건강 회복과 증진의 막강한 위력이 있지.

① 몸의 균형이 깨지면

면역력이 떨어지고 여러 가지 증상이 나오는데
몸 상태가 이상하다고 느낄 때, 자기 전에 붙이고 자면 아침
에 회복된다.

② 눈 다래끼, 감기, 생리통, 배가 아플 때, 두통…. 몸에서 발생
하는 모든 증상에 도움이 된다.

③ 어떤 증상을 느끼는 순간에 사용해야 곧바로 효과가 나오고,
이미 감기가 깊숙이 들거나, 두통이 깊어지면 한 번 해서는
안 되고, 2~3회 계속해야 한다.

④ 낮에는 통증을 느끼는 순간 테이프를 붙이고,

대략 30~40분 정도 .

주로 씻고 자려고 누울 때 붙이고 자는 것이 가장 효과적이
다. 아침에 떼고.

5. e-테이프란 ?

시중에서는 T침(이침)이라고 불리는 것으로,
테이프 바탕에 약 1미리 정도되는 작은 뾰족한 것이
붙어 있습니다.

딸들아,

통증을 키우지 말고,
느끼는 순간 바로 이 방법을 사용하거라.
그게 가장 빠르게 회복되는 방법이거든.

너희들이 아이를 키울 때,
이 방법이 가장 도움이 될 것이다.

왜 ?, 어떤 이유로? 따지지 말고,
아이의 상태가 좀 이상하다 싶으면,
바로 사용하세요.

잠잘 때 붙이고, 아침에 떼어낸다.!!!

아침에 변화된 모습을 보면, 정말 놀라게 된단다.

현정이는 8개월부터 이 테이프를 붙였지.

e-테이프 사용법2-1(간장/담낭)

1. 봄의 상태가
근육 경련이나 쥐가 날 때- 현정이 잘 보거라.
 -편두통이 심할 때
 -편도선이 붓거나 목이 심하게 아플 때
 -오줌을 자주 쌀 때(아이나 할머니)
 -눈물이 나거나 눈이 심히 불편할 때

2. 방법
e-테이프 사용법1을 하고 4곳.
-좌측 발,
 1) 엄지의 안쪽 (두 번째 발가락 쪽)
    발톱 선을 따라 발톱 위 5밀리쯤
 2) 네 번째 발가락 바깥쪽(새끼발가락 쪽)
    발톱 선을 따라 발톱 위 5밀리쯤

-우측 발,
 1) 엄지의 안쪽(두 번째 발가락 쪽),
    발톱 선을 따라 발톱 위 5밀리쯤
 2) 네 번째 발가락 바깥쪽(새끼발가락 쪽)
    발톱 선을 따라 발톱 위 5밀리쯤

네 군데에 e-테이프를 붙인다.

즉, e-테이프 사용법1, 4곳 +
  e-테이프 사용법2-1, 4곳
합 8곳에 테이프를 붙이는 것이다.

e-테이프 사용법 2-1

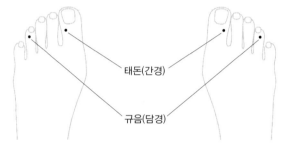

태돈(간경)

규음(담경)

3. 사용하는 방법
-테이프를 붙이기 전에 숨쉬기를 한 10번하고
  몸과 마음을 평안히 한 후에 시작합니다.
-저녁에 잠자기 전에 붙이고
  아침에 일어나서 제거하는 것이 가장 효과가 좋다.
-통증이 심할 때는 시간과 관계없이 사용하며
  테이프를 붙이고 한 30분 후 제거 하는 것이 좋음
-테이프를 붙일 때, 신경을 건드리면 더 아프니
  자리를 옮겨서 붙이는 것이 좋다.

e-테이프 사용법2-2(비장/위장)

1. 몸의 상태가

-근심 걱정이 지나칠 때

-의처증, 의부증이 있을 때

-트림이 심할 때

-무릎이 아플 때

-앞이마 두통이 심할 때

-입술이 부르틀 때

-속이 쓰리고 더부룩할 때

-입에서 냄새가 심할 때

-이마에 개기름이 많이 흐를 때

-배가 아플 때

2. 방법

e-테이프 사용법1을 하고 4군데,

- 좌측 발,

 1) 엄지의 바깥쪽

    발톱 선을 따라 발톱 위 5밀리쯤

 2) 두 번째 발가락 바깥쪽(세 번째 발가락 쪽)

    발톱 선을 따라 발톱 위 5밀리쯤

−우측 발,

 1) 엄지의 바깥쪽

    발톱 선을 따라 발톱 위 5밀리쯤

 2) 두 번째 발가락 바깥쪽(세 번째 발가락 쪽)

    발톱 선을 따라 발톱 위 5밀리쯤

네 군데에 e−테이프를 붙인다

즉, e−테이프 사용법1,   4곳 +

e−테이프 사용법2−2,   4곳

합 8곳에 테이프를 붙이는 것이다.

3. 사용하는 방법

−테이프를 붙이기 전에 숨쉬기를 한 10번하고

  몸과 마음을 평안히 한 후에 시작합니다.

−저녁에 잠자기 전에 붙이고,

  아침에 일어나서 제거하는 것이 가장 효과가 좋음.

−통증이 심할 때는 시간과 관계없이 사용하며

  테이프를 붙이고 한 30분 후 제거하는 것이 좋음

−테이프를 붙일 때, 신경을 건드리면 더 아프니

  자리를 옮겨서 붙이는 것이 좋다.

e-테이프 사용법 2-2

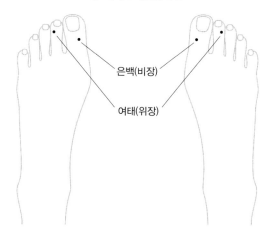

은백(비장)

여태(위장)

e-테이프 사용법2-3(신장과 방광)

1. 몸의 상태가

-부정적인 생각이 많이 나올 때

-아주 많이 무서워하거나, 공포증이 있을 때

-허리가 뻐근하게 아플 때

-귀에서 소리가 날 때

-발목이 아플 때

-후두통이 있을 때

-눈알이 튀어나올 듯 아프거나, 심하게 뻑뻑할 때

-아이가 침을 많이 흘릴 때

-얼굴이 심히 검게 될 때

2. 방법

e-테이프 사용법1을 하고 -4군데,

-좌측 발,

1) 새끼 발가락의 바깥쪽,

　　발톱 선을 따라 발톱 위 5밀리쯤

 2) 두 번째와 세 번째 발가락 밑으로

　　쏙 들어간 곳(발바닥)

–우측 발,

1) 새끼 발가락의 바깥쪽,

　발톱 선을 따라 발톱 위 5밀리쯤

2) 두 번째와 세 번째 발가락 밑으로

　쏙 들어간 곳(발바닥)

네 군데에 e–테이프를 붙인다.

즉, e–테이프 사용법1,　4곳+

e–테이프 사용법2–3,　4곳

합 8곳에 테이프를 붙이는 것이다.

e–테이프 사용법 2–3

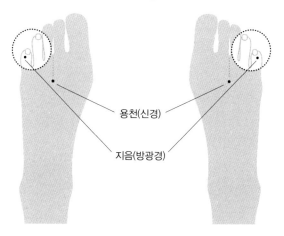

용천(신경)

지음(방광경)

3. 사용하는 방법

−테이프를 붙이기 전에 숨쉬기를 한 10번하고,

  몸과 마음을 평안히 한 후에 시작합니다.

−저녁에 잠자기 전에 붙이고,

  아침에 일어나서 제거하는 것이 가장 효과가 좋음.

−통증이 심할 때는 시간과 관계없이 사용하며,

  테이프를 붙이고 한 30분 후 제거하는 것이 좋음

−테이프를 붙일 때, 신경을 건드리면 더 아프니,

  자리를 옮겨서 붙이는 것이 좋다.

e-테이프 사용법2-4_(폐/대장)

1. 몸의 상태가

−우울증이나, 비관적인 생각이 나올 때

−손목에 관절통증이 있을 때

−콧물이 많이 나올 때

−피부에 문제가 있을 때

−기침 할 때

−설사를 심하게 할 때

2.방법

e−테이프 사용법1을 하고 −4군데

−왼손,

 1) 엄지의 바깥쪽

   손톱 선을 따라 손톱 위 5밀리쯤

 2) 두 번째 손가락(엄지손가락 쪽)

   손톱 선을 따라 손톱 위 5밀리쯤

−오른손,

 1) 엄지의 바깥쪽,

   손톱 선을 따라 손톱 위 5밀리쯤

2) 두 번째 손가락(엄지손가락 쪽)

　　손톱 선을 따라 손톱 위 5밀리쯤

네 군데에 e-테이프를 붙인다

즉, e-테이프 사용법1,　4곳　+
e-테이프 사용법2-4,　4곳
합 8곳에 테이프를 붙이는 것이다.

e-테이프 사용법 2-4

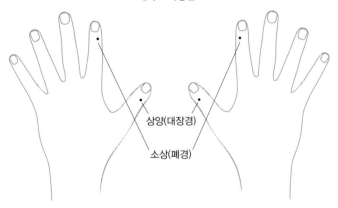

상양(대장경)

소상(폐경)

3. 사용하는 방법

-테이프를 붙이기 전에 숨쉬기를 한 10번하고
 몸과 마음을 평안히 한 후에 시작합니다.

-저녁에 잠자기 전에 붙이고,
 아침에 일어나서 제거하는 것이 가장 효과가 좋음.

-통증이 심할 때는 시간과 관계없이 사용하며,
 테이프를 붙이고 한 30분 후 제거하는 것이 좋음.

-테이프를 붙일 때, 신경을 건드리면 더 아프니,
 자리를 옮겨서 붙이는 것이 좋다.

e-테이프 사용법2-5(심장과 소장)

1. 몸의 상태가
-울화가 치밀 때
-깜짝깜짝 놀랄 때
-자꾸 신경질이 날 때
-자꾸 마음이 급해질 대
-얼굴이 잘 붓고,
-목이 마르고, 갈증이 심할 때
-생리통이 심할 때
-양 볼이 붉어질 때

2. 방법
e-테이프 사용법1을 하고 4군데

-왼손,
 1) 새끼손가락의 바깥쪽,
    손톱 선을 따라 손톱 위 5밀리쯤
 2) 새끼손가락 안쪽(네 번째 손가락 쪽)
    손톱 선을 따라 손톱 위 5밀리쯤

–오른손,

  1) 새끼손가락의 바깥쪽,

     손톱 선을 따라 손톱 위 5밀리쯤
  2)새끼손가락 안쪽(네 번째 손가락 쪽)

     손톱 선을 따라 손톱 위 5밀리쯤

네 군데에 e–테이프를 붙인다

즉, e–테이프 사용법1, 4곳 +

 e–테이프 사용법2–5, 4곳

합 8곳에 테이프를 붙이는 것이다.

e–테이프 사용법 2–5

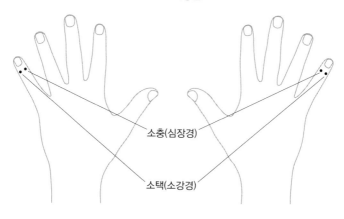

소충(심장경)

소택(소강경)

3. 사용하는 방법

–테이프를 붙이기 전에 숨쉬기를 한 10번하고
  몸과 마음을 평안히 한 후에 시작합니다.

–저녁에 잠자기 전에 붙이고,
  아침에 일어나서 제거하는 것이 가장 효과가 좋음.

–통증이 심할 때는 시간과 관계없이 사용하며
  테이프를 붙이고 한 30분 후 제거하는 것이 좋음

–테이프를 붙일 때, 신경을 건드리면 더 아프니,
  자리를 옮겨서 붙이는 것이 좋다.

e-테이프 사용법2-6<small>(심포/삼초)</small>

1. 몸의 상태가
-이유 없이 불안하고, 초조할 때
-신경이 예민해지고, 울화가 치밀 때
-집중력이 없고,부산할 때
-무기력하고, 쉬이 피곤해질 때
-신경성 소화 불량
-손발이 차고 저릴 때
-가슴이 답답할 때
-어깨 관절이 아플 때

2. 방법
e-테이프 사용법1을 하고 -4군데

-왼손,
 1) 세번 손가락의 안쪽(두 번째 손가락 쪽)
    손톱 선을 따라 손톱 위 5밀리쯤
 2) 네 번째 손가락 바깥쪽 (새끼손가락 쪽)
    손톱 선을 따라 손톱 위 5밀리쯤

−오른손,

　1) 세번 손가락의 안쪽(두 번째 손가락 쪽)

　　손톱 선을 따라 손톱 위 5밀리쯤

　2) 네 번째 손가락 바깥쪽 (새끼손가락 쪽)

　　손톱 선을 따라 손톱 위 5밀리쯤

네 군데에 e−테이프를 붙인다

즉, e−테이프 사용법1,　4곳　+

e−테이프 사용법2−6,　4곳

합 8곳에 테이프를 붙이는 것이다.

e−테이프 사용법 2−6

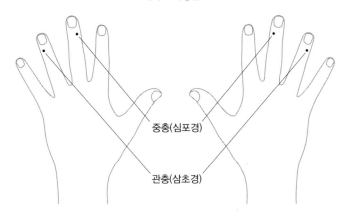

중충(심포경)

관충(삼초경)

3. 사용하는 방법

−테이프를 붙이기 전에 숨쉬기를 한 10번하고
  몸과 마음을 평안히 한 후에 시작합니다.

−저녁에 잠자기 전에 붙이고
  아침에 일어나서 제거하는 것이 가장 효과가 좋음.

−통증이 심할 때는 시간과 관계없이 사용하며
  테이프를 붙이고 한 30분 후 제거하는 것이 좋음

−테이프를 붙일 때, 신경을 건드리면 더 아프니
  자리를 옮겨서 붙이는 것이 좋다.

무릎이 아플 때

지금은 아니고, 나중에 시집가서 어른들께 필요한 내용이다.

무릎이 아픈 경우는
위장과 비장의 기능이 떨어져서 생기는 것이다.
위장과 비장을 영양 하는
단맛+매운맛의 음식을 집중적으로 섭취해야 한다.

간단한 방법으로

1. 꿀 2kg
2. 생강 1kg
3. 마늘 1kg
4. 계피 50g
5. 대추 1kg

이것을 큰 통에 담아 푹 끓여 반쯤으로 줄인 다음
식혀서 생수통에 담아서 냉장고에 보관했다가

매 식사 전 맥주컵 2/3쯤 뜨겁게 데워 후후 불면서

먹으면(식사 1시간 전) 도움이 된다.
숨쉬기를 병행하면
무릎에 효과도 빠르고 건강에도 많은 도움이 된다.

한 1주일 정도 위의 음료를 먹으면
웬만한 무릎 통증은 없어질 거야.

통증이 없어지면
하루에 두 번 그다음에는 한 번
횟수를 줄이고
아 이제는 아주 좋다는 순간에 그만 먹으면 된다.

소화 불량, 더부룩, 속 쓰림, 위장

가끔 과식해서 속이 더부룩하거나, 불편할 때
신경을 많이 써서, 속이 편치 않을 때
배가 솔솔 아플 때
술 먹은 다음 날, 속이 쓰릴 때
배가 이유 없이? 아플 때
단것을 먹으면 된다.

단것? 꿀이 가장 좋은 것 같아요. 설탕도 좋고.

어떻게 먹느냐고?
꿀을 수저로 떠서 입에 넣으면 돼요.

몇 수저? 내가 맛있다고 느낄 때까지.
그 양이 지나치면, 넘어가지를 않을 거다.

얼마나 자주? 속이 편안해질 때까지. 20~30분마다.

효과는? 아마 입에 대면, 즉시 느낄걸.
편안해지는 것을!!

음식이 에너지 덩어리라,
입에 대면, 즉시 그 에너지가 온몸에 퍼지지.
소화 흡수는 그다음이다.

손발을 따뜻하게!!!

손발이 차가운 사람은(특히 여성들)

원인은 에너지 순환(혈액 순환)의 기능이 저하되어
손발까지 미치지 못하기 때문이고, 이것을 그냥 두면 더 심각한
상태로 진행되는 문제니 초기에 회복시켜야 한다.

1. 숨쉬기를 매일 3회 이상한다. (1회에 10회 이상)
   1-1. 눈을 감는다. (눈을 감아야, 에너지가 안으로 향한다)
   1-2. 편안히 마시고 내쉰다.
      마실 때는 코로 소리를 내며 마시고
      내쉴 때는 입으로 소리를 내며 내쉰다.
   1-3. 숨을 마시고 내쉴 때,
      반드시 그 소리를 내고 듣는다.

소리를 내고 들어야 생각이 멈추고
생각이 멈춰야 에너지 순환의 질이 높아진다.
즉 에너지 충전과 순환이 잘 된다는 의미다.

2. e-테이프 사용법1과 2-6 심포 삼초를 사용한다.

2-1. 초기에는 일주일 3회,

자기 전에 붙이고 아침에 뗀다.

2-2. 좀 좋아지면, 일주일에 2회

2-3. 처음 시작하면, 일주일 정도부터 개선되지만

최소 3~6개월은 지속해야 완전히 회복된다.

3. 음식은 따뜻한 것으로 먹는다.

3-1. 일반 요구르트 3개 정도를 따뜻하게 만들어 후후 불면

서, 세끼 식전 1시간쯤 먹는다.

3-2. 담백한 음식 위주로 먹는다.

옥수수, 녹두, 콩나물, 토마토, 바나나, 고사리, 양배추,

오리고기, 감자, 당근, 알로에….

4. 운동과 산책을 꾸준히 한다.

음식, 얼마나 먹어야 하지?

딸들아,
너희들이 평상시에 먹는
음식의 양을 한번 살펴보거라!!
거기에 건강에 대한, 다이어트에 대한 비밀이 있으니.

1. 배가 매우 고픈 경험을 할 때가 있지?
   그때, 음식을 얼마큼 먹으면, 살 것 같던?
   아마 서너 수저, 길어야 다섯 수저.
   그 정도 먹으면, 나오는 소리가 있지.
   아 !!! 살 것 같다.

2. 그 후로 먹는 음식의 양은,
   살기 위해서 먹는 것이 아니라
   저장하기 위해서지.
   저장. 배고플까 봐.
   여기서 욕심이 발동되지.
   적당히 먹어야 되는데
   아주 배가 터지도록, 불편할 정도로 꾸역꾸역….

3. 과식

과식은 모든 병의 근원이다.

자기가 평상시에 먹는 음식의 70% 정도에서 멈춰야 한다. 식사 후에도 편안한 상태가 유지되는데 지나쳐서 배가 불편한 것이다.

이 과식은 예전에 우리가 먹을 것이 없던 시절의
그 기억이 우리 머릿속에 깊이 새겨진 것 같은데
지금은 먹을 것이 주변에 널려 있으니
그 기억에 속으면 안 된다.

적당히 드세요!!!

출출하면, 간식을 먹으면 되거든!!! 이것도 적당히!!!

소식(小食)하기

식사를 할 때
소식(小食)을 하면(적당히 먹으면)
몸이 편안하다는 것은 알고 있지?

어떻게 하면, 소식(小食)을 할 수 있을까?

수저 크기가 작은 것을 쓰면 돼요.

밥을 밥 수저로 먹지 말고
티스푼으로 먹어봐!!!

음식이 입안으로 들어가면
입안에서 음식의 에너지를 느껴서 흡수하고
몸으로 순식간에 퍼지는데
음식의 양과는 무관하다.

아마 티스푼으로 입안에 넣으면
그 양이 적어서 입안에서 더 적극적으로
그 에너지를 흡수하거든.

입안에서 얼마나 에너지를 흡수하느냐가
음식을 섭취하는 핵심이다.

티스푼으로 먹으면,
저절로 소식(小食)을 하게 된다.
Just do it!!!

참고문헌

· 김춘식, 『체질 분류학』, 오행출판, 1992.

· 김춘식, 『오행 생식 요법』, 청홍, 1992.

· 해리팔머, 『뜻대로 살기』, 의식문화사, 2002

· 해리팔머, 『다시 떠오르기』, 정신세계사, 2000.

· 마틴 보로손, 『1분 명상법』, 정신세계사, 2013.

· 조 바이텔, 이하레아카라 휴렌, 『호오포노포노의 비밀』,
  눈과마음, 2008.

· 론다번, 『시크릿』, ㈜살림출판사, 2007.

· 오쇼, 『탄트라 비전 1, 2, 3, 4』, 태일 소담, 2011.

· 닐 도날드 월시, 『신과 나눈 이야기 1, 2, 3』, 아름드리미디어,
  1997.

· 월터 비 캐논, 『인체의 지혜』, 동명사, 2003.

· 스와미 사라다난다, 『호흡의 힘』, 판미동, 2010.

· 알렉산더 로이드, 벤존슨, 『힐링 코드』, 시공사, 2011.

· 에스더&제리 힉스, 『끌어 당김의 힘』, 나비랑북스, 2010.

· 제리&에스더 힉스, 『행복 창조의 비밀』, 나비랑북스, 2008.

· 닐도날드 월시, 『신과 집으로』, 아름드리미디어, 2009.

· 페니 피어스, 『감응력』, 정신세계사, 2010.

숨 메디 강의 안내

1. 숨 메디 지도자 3급 과정

가. 실습 내용
- 숨쉬기 1단계
- 명상 1단계
- 음식으로 내 몸, 마음 관리
- e - 테이프 사용 방법
- 내 생각, 마음을 내 뜻대로 하기
- 자유롭기, 평온하기, 결단하기

나. 신청하기
- 이름, e-mail, 전화번호, 신청 이유
- 접수 및 문의: ahhbeing@daum.net
- 수강료: 오십만 원(₩500,000)
- 35세 이상, 아이 어머니 특별 우대.

다. 교육 기간
- 8주,
- 1회/주-전체 교육, 매주 수요일 14:00~16:00
- 1회/주 - 일대일 온라인 교육, 상담 후 결정

라. 수료후 변화
- 나와 가족 건강 회복, 증진 100%
- 자유, 평온한 생활 시작
- 숨 메디 전문 지도자 활동
  1) 봉사 활동(노인정, 교도소, 병원)
  2) 방과 후 학교 강좌 개설
  3) 각 동사무소 문화 회관 강좌 개설

2. 숨 메디 출장 강의

가. 실습 내용
- 숨쉬기 1단계
- 명상 1단계
- 음식으로 내 몸, 마음 관리
- e - 테이프 사용 방법
- 내 생각, 마음을 내 뜻대로 하기
- 자유롭기, 평온하기, 결단하기

나. 신청하기
- 이름, e-mail, 전화번호, 신청 이유
- 접수 및 문의: ahhbeing@daum.net
- 수강료
  1) 10인 이하: 백만 원(₩1,000,000)
  2) 10인 이상: 이백만 원(₩2,000,000)

다. 강의 시간: 3시간

라. 강의후 변화
- 나와 가족 건강 회복, 증진 시작
- 자유, 평온한 생활 시작

3. 숨 메디 일대일 맞춤 상담

가. 대상 : 사장급, 리더급
- 대기업 경영자 및 고위 직급자
- 중, 소기업 사장
- 고위급 공무원
- 군 간부
- 전문가 그룹
- 예술인

나. 실습
- 숨쉬기 1, 2, 3단계
- 명상 1, 2, 3단계
- 음식으로 내 몸, 마음 관리
- e – 테이프 사용 방법
- 내 생각, 마음을 내 뜻대로 하기
- 자유롭기, 평온하기, 결단하기

다. 신청하기
- 이름, e-mail, 전화번호, 신청 이유
- 접수 및 문의: ahhbeing@daum.net
- 수강료
  1) 방문시: 오백만 원(₩5,000,000) 이상
  2) 출장시: 일천만 원(₩10,000,000) 이상
  (개별 상담 후 최종 결정)

라. 교육 기간: 6개월
- 숨 메디 습관화되는 기간
- 1회/주 2시간
- 수시 - 일대일 안내

마. 수료후 변화
- 나와 가족 건강 회복, 증진 100%
- 자유, 평온한 생활 시작
- 통찰력 증가로 본질을 꿰게 됨
- 순발력 저절로 획득
- 스트레스 제로
- 비움의 생활화
- 건강한 150세 시작
- 일, 생활, 삶을 유유히.